Livro Inspirado no Programa de TV de
Regina Casé e Estevão Ciavatta

Árvores nativas brasileiras

Ilustrações de Guazzelli

Texto adaptado por
Fabiana Werneck Barcinski

Realizadores

SÃO PAULO 2014

Ortografia atualizada

Copyright © 2014, Editora WMF Martins Fontes Ltda.,
São Paulo, para a presente edição.

1ª edição *2014*

Coordenação editorial
Fabiana Werneck Barcinski

Acompanhamento editorial
Helena Guimarães Bittencourt

Equipe Pindorama
Alice Lutz
Susana Campos

Agradecimento especial
Luciane Melo

Revisões gráficas
Margaret Presser
Ana Paula Luccisano

Projeto gráfico
Márcio Koprowski

Produção gráfica
Geraldo Alves

Impressão e acabamento
Yangraf Gráfica e Editora Ltda.

Dados Internacionais de Catalogação na Publicação (CIP)
(Câmara Brasileira do Livro, SP, Brasil)

Barcinski, Fabiana Werneck
   Árvores nativas brasileiras / texto adaptado por Fabiana Werneck Barcinski; ilustrações de Guazzelli. – São Paulo : Editora WMF Martins Fontes, 2014. – (Um pé de quê?)

   "Livro inspirado no programa de TV de Regina Casé e Estevão Ciavatta"
   ISBN 978-85-7827-858-8

   1. Literatura infantojuvenil I. Casé, Regina. II. Ciavatta, Estevão. III. Guazzelli. IV. Título. V. Série.

14-05279   CDD-028.5

Índices para catálogo sistemático:
1. Literatura infantojuvenil 028.5
2. Literatura juvenil 028.5

Todos os direitos desta edição reservados à
Editora WMF Martins Fontes Ltda.
Rua Prof. Laerte Ramos de Carvalho, 133   01325-030   São Paulo SP Brasil
Tel. (11) 3293.8150   Fax (11) 3101.1042
e-mail: info@wmfmartinsfontes.com.br   http://www.wmfmartinsfontes.com.br

A árvore, a floresta e os biomas	5
Seringueira	10
Quebracho	36
Favela	62
Umbu	88
Pau-Brasil	114
Buriti	140
Coqueiro	166

Mapa. Domínios de paisagens no Brasil

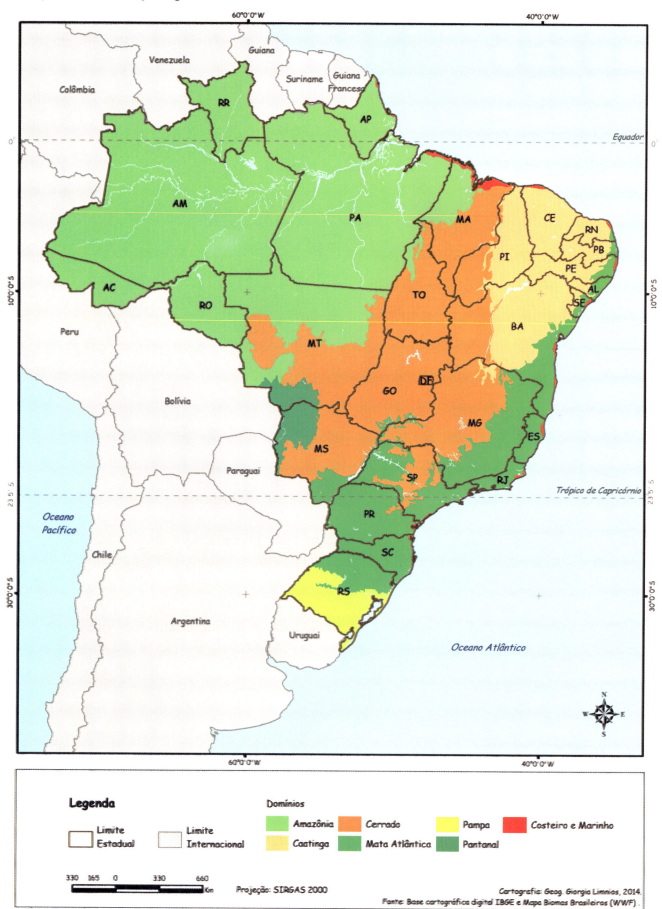

A ÁRVORE, A FLORESTA E OS BIOMAS

Eu espero, sim, que essas árvores cresçam. Adormeço com elas todas as noites, embalado pela sua sombra. Lembro-as de memória, sobre a relva verde. Lembro as suas folhas, caindo de noite. Mesmo as que ainda não vi, eu espero que cresçam, que me esperem, que me abriguem nesse dia em que mais precisarei delas, ouvindo o ruído do mar não muito longe. Tenho, a cada minuto, saudades dessas árvores.

Francisco José Viegas[1]

As árvores participam de nossa vida das mais diversas maneiras.

Quando representamos a origem de nossa família, desenhamos uma árvore genealógica. Quando desejamos fazer algo de bom para o mundo, pensamos em plantar mais árvores. Delas obtemos muitos produtos, que sustentam comunidades inteiras e movimentam vários tipos de indústria.

A sombra e a beleza de uma árvore estão associadas a repouso e paz. Para as crianças, a árvore é todo um mundo de aventuras, com as mil possibilidades de inventar brincadeiras em seus galhos, observar pássaros, encantar-se com formas e perfumes.

Alguns povos as consideram tão importantes que escolhem uma espécie para simbolizá-los. No Brasil, a árvore-símbolo é o pau-brasil. A flor-símbolo é o ipê-amarelo. Alguns estados e cidades também elegeram sua árvore-símbolo. Muitas cidades têm árvores no próprio nome, como é o caso de Castanhal, no Pará; Juazeiro, na Bahia; e Louveira, em São Paulo. E as árvores estão também no sobrenome das pessoas: Pereira, Pinheiro, Lima, Figueira, Oliveira, Carvalho, Castanho...

Costumamos associar as árvores à passagem do tempo: árvore florida indica a chegada da primavera; quando as folhas ficam amareladas é porque estamos no outono. Mas no Brasil nem sempre as estações podem ser definidas pela observação das árvores. Um dos motivos é que nos trópicos quentes e úmidos o ciclo de vida das plantas acompanha o regime de chuvas. As estações não são tão marcadas pela temperatura quanto nos países de clima temperado e frio.

Sendo recursos naturais *renováveis*, ou seja, que podem ser substituídos por novos plantios, as árvores têm sido utilizadas de diversas maneiras, entre elas alimentação, construção, fabricação de móveis, extração de borracha, produção de papel, fabricação de remédios e paisagismo.

Não é de hoje que as árvores ocupam um lugar importante na história do Brasil. Os indígenas que habitavam esta terra antes da chegada dos portugueses a chamavam

---
[1] Disponível em: http://lusografias.wordpress.com/2012/12/03/francisco-jose-viegas-as-arvores/

de Pindorama, "terra das palmeiras". E palmeiras há muitas até hoje, de várias espécies: buritis, carnaúbas, juçaras, açaís, butiás, indaiás e carandás, entre outras.

Aliás, você já se perguntou quantas espécies de árvore existem no Brasil? Não há uma resposta definitiva, mas um recenseamento concluído em 2013 e publicado na revista *Science* revelou que só na Floresta Amazônica há 390 bilhões de árvores, de 16 mil espécies diferentes. Essa floresta se estende por vários países: Brasil, Peru, Colômbia, Guiana e Suriname, sendo que 60% da floresta fica no Brasil[2].

Para facilitar estudos como esse, os pesquisadores classificaram os ambientes em regiões denominadas *biomas*. Um bioma é um conjunto de ecossistemas que têm fisionomias parecidas em termos de clima e solo, entre outros aspectos.

Os biomas brasileiros são: Amazônia, cerrado, Mata Atlântica, manguezal, caatinga, pampa e pantanal. Nesses biomas os organismos vegetais e animais interagem com os fatores do clima (umidade; distribuição de chuvas; quantidade de radiação solar), dos solos (espessura; presença de nutrientes; umidade) e do relevo (presença de montanhas; declividade, ou seja, inclinação).

O bioma **Amazônia** compreende as mais vastas florestas tropicais úmidas do mundo. Suas árvores são as mais altas do Brasil, chegando a mais de 60 metros de altura, como a sumaúma, a maçaranduba e o mogno. A vegetação exuberante está condicionada à umidade elevada e ao regime de inundação dos rios.

O bioma se formou a partir da imensa bacia hidrográfica dos rios Amazonas, Araguaia-Tocantins, Orinoco, Essequibo e outros. Ocupa a região Norte do Brasil e adentra o Centro-Oeste, correspondendo a quase 50% do território brasileiro. Originalmente, as florestas cobriam totalmente o território dos atuais estados do Acre, Amapá, Amazonas e Pará; e parcialmente Rondônia, Mato Grosso, Maranhão e Tocantins.

Na Amazônia chove no mínimo 130 dias por ano, com uma média de 2.600 mm/ano. Mas há regiões próximas aos Andes onde os totais de chuva ultrapassam 3.600 mm. O ar contém grande quantidade de vapor-d'água, o que também favorece o desenvolvimento da vegetação. Outro fator favorável é a radiação solar intensa da região.

Nessas condições, encontramos árvores como a castanheira-do-pará, que com 50 metros de estatura produz castanhas encerradas em um coco de até 2 quilos. Grandes árvores como essa podem pesar algumas centenas de toneladas.

As árvores mais altas se desenvolvem na terra firme, enquanto nas matas de várzea e de igapó estão as mais baixas.

As majestosas árvores da floresta suportam também uma grande quantidade de outras plantas, que as utilizam como suporte e abrigam grande diversidade de animais arborícolas. Já se encontraram numa única árvore mais de 50 espécies de orquídeas. Por isso, quando uma árvore dessas é derrubada na mata, uma grande comunidade é destruída, uma comunidade que pode ter levado centenas de anos para se desenvolver.

---

2 Disponível em: http://www.portugues.rfi.fr/geral/20131018-floresta-amazonica-tem-390-bilhoes-de-arvores-diz-recenseamento-inedito

O bioma **cerrado** é o segundo maior da América do Sul em extensão e ocupa cerca de 24% do Brasil. Distribui-se pelo Centro-Oeste, Norte e Nordeste do país, mas sua área principal é o Centro-Oeste. Também ocorre em pequenas manchas em São Paulo e no Paraná. O que marca esse bioma são as diferentes fisionomias da vegetação, que pode ter a aparência de campo e também de floresta baixa (o *cerradão*). Uma das características do cerrado é justamente essa diferença de ambientes. Dependendo do solo, de seus nutrientes e também das queimadas, a vegetação tende a formar campos limpos desprovidos de árvores, passando por várias fisionomias até o cerrado florestal.

O cerrado é uma típica vegetação de *clima tropical estacional*, ou seja, tem um período de estiagem (menos chuvas) bem marcado. As árvores costumam perder as folhas nesse período. Além disso, o cerrado é controlado pelo fogo, que evoluiu junto com o ecossistema. Muitas árvores dependem das queimadas para germinar. Mas atenção! Queimar demais o cerrado pode também destruí-lo.

O solo geralmente é ácido e pobre em nutrientes, e suas variações também influem nas fisionomias do cerrado. As árvores do cerrado têm um aspecto singular: troncos tortuosos com muita cortiça e folhas enrijecidas com pelos. Muitas podem se transformar num verdadeiro buquê de flores na época das chuvas, como é o caso do ipê, da caroba, do pau-santo e da peroba. Nas áreas úmidas do cerrado conhecidas como veredas se desenvolve a típica palmeira-buriti, formando os buritizais.

Outra floresta rica em biodiversidade e emblemática do Brasil é a **Mata Atlântica**. Bioma formado por um conjunto de florestas diferentes, inclui também os sistemas costeiros de restingas, manguezais e outros ecossistemas associados.

Historicamente, as matas atlânticas compreendem um complexo de florestas inter-
-relacionadas em sua origem evolutiva e distribuição biogeográfica. Desenvolvem-se ao longo da zona costeira do país, mas também adentram o continente nos estados da Bahia, Minas Gerais e São Paulo. É um dos biomas mais devastados do Brasil. Sofreu um desmatamento de mais de 90% de sua extensão original.

Como nos demais biomas, árvores e animais evoluíram juntos. Um dos animais típicos da Mata Atlântica é o mico-leão, que só vive nesse bioma. Entre as árvores, são típicos do bioma o pau-brasil, a araucária e o palmito-juçara – árvores exploradas de modo predatório desde a colonização do Brasil.

Mesmo devastadas ao longo de sua história para o plantio de café, cana-de-açúcar, algodão e soja, essas florestas contêm mais de 800 espécies de árvores. Algumas das mais altas são canela, angico, jacarandá, ipê, manacá-da-serra e guapuruvu. As copas dessas árvores formam uma espécie de mosaico de tons de verde, tamanha a diversidade.

Como essas florestas se desenvolvem em relevos montanhosos, sua organização parece uma sucessão de andares, o que permite a entrada de luz difusa na mata. Essa característica facilita o desenvolvimento de árvores mais baixas na região interna da floresta. Entre elas estão as jabuticabeiras, o palmito-juçara e outras plantas não arbóreas, como begônias, bromélias e orquídeas. Próximo ao solo crescem arbustos, ervas, gramíneas, musgos, selaginelas e plantas jovens que irão compor os extratos mais altos quando atingirem a fase adulta.

Nas regiões litorâneas associadas às matas atlânticas há vários ecossistemas costeiros, com dunas, restingas e **manguezais** – que constituem um bioma (ver mapa), mas também podem estar associados a outros biomas. Nesses ecossistemas merece destaque o coqueiro, que consegue se desenvolver em solos arenosos e salinos em áreas com alta umidade, como é o caso das dunas e restingas.

Outro bioma brasileiro é a **caatinga**, com biodiversidade adaptada às altas temperaturas, muita radiação solar e chuvas irregulares, e que compreende vários tipos de floresta. O nome *caatinga* vem do tupi e significa "mata branca", uma alusão à perda das folhas que ocorre no período de maior aridez. Ocupa regiões do Nordeste do Brasil. Ceará, Rio Grande do Norte e Paraíba têm mais de 90% de seu território coberto pela caatinga, que também cobre parte de Pernambuco, Piauí, Bahia, Sergipe, Alagoas e Maranhão. A área de transição entre a caatinga e a Amazônia é conhecida como Zona dos Cocais, nome que remete à predominância de carnaúba, buriti e babaçu.

Na caatinga as chuvas são irregulares. Além de a média pluviométrica ser bem menor que no restante do Brasil (600 mm), as chuvas se distribuem de modo irregular no tempo e no espaço. As matas muitas vezes parecem mais arbustos do que florestas. Mesmo assim, a caatinga arbórea tem espécies com mais de 20 metros de altura.

As árvores da caatinga são adaptadas à escassez de água. Algumas dessas adaptações são a perda das folhas na estiagem e a *microfilia* – folhas muito pequenas ou em forma de espinhos, que perdem menos água. As raízes ajudam no armazenamento de água.

A redução das folhas a espinhos torna a caatinga uma vegetação com predomínio de cactos, como mandacaru, facheiro e xique-xique. Mas há também árvores com sistemas de raízes que conseguem armazenar água em seus reservatórios subterrâneos e assim se mantêm sempre verdes. É o caso do juazeiro.

A caatinga é rica em biodiversidade e espécies *endêmicas*, ou seja, plantas e animais que só vivem ali. Árvores típicas da caatinga são catingueira, sabiá, jurema e favela, entre outras. Algumas árvores típicas mas hoje raras devido à extração descontrolada são o ipê-roxo, o cumaru-da-caatinga e a aroeira, as duas últimas ameaçadas de extinção. No contato da caatinga com a Amazônia desenvolve-se a carnaúba, palmeira endêmica e árvore-símbolo do Ceará, conhecida também como "árvore da providência".

Das florestas para os campos da região Sul do Brasil chegamos ao **pampa**, bioma cujo nome é de origem indígena e quer dizer "região plana". O pampa é um tipo de campo encontrado no estado do Rio Grande do Sul. O termo mais adequado talvez fosse "campos sulinos", pois o bioma abrange vários outros tipos de campo, como os encontrados nas serras gaúchas.

Usados como pastagens naturais, esses campos são considerados os campos temperados mais importantes do planeta. Contudo, são também as paisagens menos protegidas do Brasil, sofrendo intenso processo de degradação.

Nesse bioma se desenvolve uma erva gigante que parece uma árvore mas não é: o umbu – mesmo nome de outra espécie encontrada na caatinga. O nome igual talvez se explique pela origem da palavra, que em Tupi significa "grande vulto que fornece sombra" – algo que ambas as árvores fazem.

O bioma **pantanal** é a maior planície de inundação contínua do planeta. Coberto por vegetação predominantemente aberta, ele se formou pelo encontro de três grandes floras: Amazônia, cerrado e Mata Atlântica. Estende-se pelos estados do Mato Grosso e Mato Grosso do Sul e adentra o Paraguai e a Bolívia.

Apesar da influência da Amazônia e da Mata Atlântica, predominam as formações de cerrados. Acompanhando o curso dos grandes rios dessa região, desenvolvem-se *matas de galeria* (que têm árvores cujas copas se unem, formando uma espécie de "túnel") e *matas ciliares* (mata aberta). Nas margens dos rios cresce uma floresta mais densa, composta de jenipapeiros, figueiras, ingazeiros, palmeiras e paus-de-formiga, entre outras árvores. Em locais não alagados crescem árvores grandes como carandá, buriti, ipê e quebracho. Há ainda na paisagem pantaneira formações arbóreas *monotípicas*, ou seja, bosques nos quais uma planta predomina – como os carandazais (bosques de carandás) e os paratudais (bosques de paratudos, um tipo de ipê).

A vegetação florestal representa somente 10% do pantanal; predomina a vegetação aberta com diferentes tipos de campos cerrados.

Em seus diferentes biomas, com sua grande variedade de formas, texturas e cores, as árvores contam a história ambiental do nosso país. Com a palavra, os índios ticunas, que vivem na Floresta Amazônica, na fronteira entre o Peru e o Brasil:

"A floresta é a coberta da terra. Aqui nós nascemos. Aqui vivemos para sempre. Na terra do povo ticuna tem lagos, igarapés, rios. Tem árvores altas e baixas. Grossas e finas. Tem árvores amarelas, vermelhas e brancas, quando dão flor. A floresta parece um mapa com muitas linhas e cores. Mas não é para ser recortado."[3]

Sueli Furlan é bióloga e geógrafa.
Professora de Biogeografia no Departamento
de Geografia da Universidade de São Paulo.
E é uma apaixonada por florestas!

---

3 GRUBER, Jussara G. (org.). *O livro das árvores Ticuna*. São Paulo: Global, 2006, p. 96 (Coleção Temática Indígena).

Altura	de 20 a 30 metros
Tronco	30 a 60 cm de diâmetro
Folhas	compostas de 3 folíolos
Flores	pequenas e reunidas em cachos
Frutos	grandes cápsulas com sementes ricas em óleo

Foto Silvestre Silva/Sambaphoto

Para qualquer árvore plantada numa floresta, sua nacionalidade é um detalhe. Não importa a localização ou o "sotaque" dessa floresta.

Mas, no caso de uma seringueira, que pode chegar a 200 anos de vida, a história pode ser bem diferente.

Durante sua existência ela pode ter sido boliviana, peruana e brasileira. E tudo isso sem nunca ter saído do lugar.

Na verdade, a seringueira pertence a uma floresta, a Floresta Amazônica. Na história de conquista desse território, que já foi inca, arawak, boliviano, peruano, e se tornou brasileiro, a seringueira foi protagonista. Se não fosse por ela, não existiria o estado brasileiro do Acre. Podemos dizer que a seringueira é a mãe do Acre. E, como toda boa mãe, ela dá leite.

O seu leite é o látex, palavra do latim que significa leite.

Foi o látex que chamou a atenção de alguns homens para esse pedaço de floresta no meio da Amazônia. Porque com ele se faz a borracha, produto importante, entre a metade do século XIX e o começo do século XX, para o desenvolvimento tecnológico e econômico das sociedades.

Na época, esse pedaço de floresta pertencia aos bolivianos e aos peruanos, que lá do alto dos Andes o ignoravam completamente. Aos poucos, chegaram alguns brasileiros atrás da borracha.

Sem perceber, estavam criando o estado do Acre.

Índio fabricando borracha, 1875 | Franz Keller, *The Amazon and the Madeira* [A Amazônia e o Madeira] | J. B. Lippincott and Co., Philadelphia
Biblioteca do Congresso dos Estados Unidos

Mas, muito antes de existir um estado chamado Acre, muito antes de o desenvolvimento da tecnologia humana precisar tanto da borracha, o látex já era conhecido pelos índios dessa floresta. Quando os primeiros conquistadores espanhóis chegaram, encontraram índios extraindo o leite das seringueiras, que para eles era o "caucho".

E sabe o que eles faziam com o látex? Uma espécie de sapato impermeável, que os protegia quando andavam pelos igarapés e igapós alagados da floresta, evitando que molhassem e machucassem os pés.

Os índios também utilizavam o látex para ajudar a cicatrizar ferimentos, fazer flechas incendiárias e criar uma coisa que hoje em dia toda criança adora: bola.

Os espanhóis, quando chegaram à floresta, acharam tudo muito exótico. Eles até gostaram dos sapatos, mas já usavam um calçado mais sofisticado.
E a bola, 400 anos antes da invenção do futebol, não despertava mesmo nenhum interesse.

Assim, eles esqueceram o látex
e abandonaram as seringueiras nas florestas.
Por muito tempo somente os índios se
interessaram por essa parte da floresta.
E ela ficou ali, esquecida num canto do mapa
da Bolívia.

Enquanto isso, em outras partes do mundo, o homem foi desenvolvendo suas tecnologias.

O século **XIX** foi o século das invenções.

Inventaram a lâmpada elétrica, o motor a combustão, o automóvel.

E inventaram também a vulcanização, um processo que transforma o látex em borracha.

Praticamente todas as grandes invenções do século **XIX** precisavam da borracha. Ela servia para isolar os cabos de eletricidade.

Também era usada nos componentes dos motores a combustão. Mas seu uso principal era nos pneus, fazendo os caminhões e carros, recém-inventados, rodar mais suavemente pelas estradas que estavam sendo construídas.

Foi aí que as seringueiras viraram objeto de cobiça.

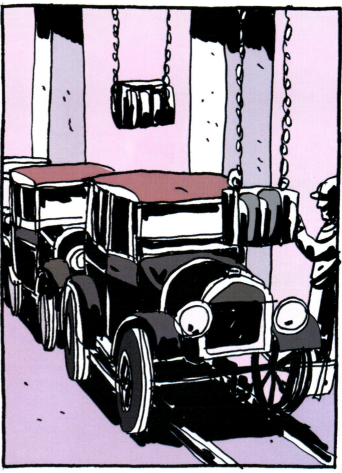

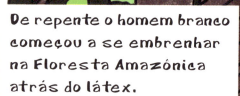
De repente o homem branco começou a se embrenhar na Floresta Amazônica atrás do látex.

As seringueiras nascem nas margens dos rios e em lugares inundáveis da mata.

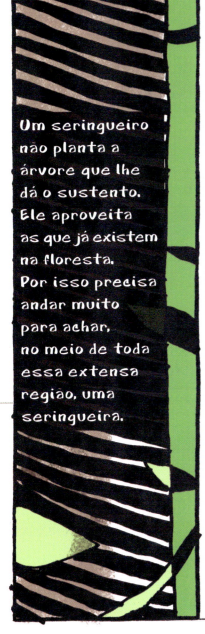

Um seringueiro não planta a árvore que lhe dá o sustento. Ele aproveita as que já existem na floresta. Por isso precisa andar muito para achar, no meio de toda essa extensa região, uma seringueira.

Essas trilhas que ele tem que abrir são chamadas de "estradas".

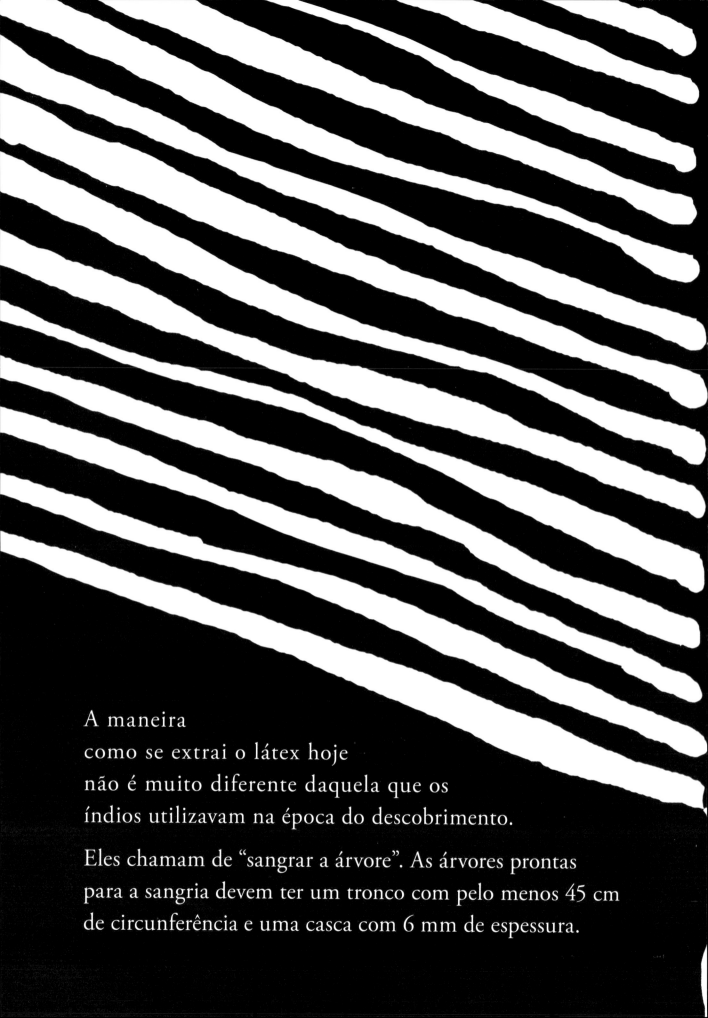

A maneira
como se extrai o látex hoje
não é muito diferente daquela que os
índios utilizavam na época do descobrimento.

Eles chamam de "sangrar a árvore". As árvores prontas
para a sangria devem ter um tronco com pelo menos 45 cm
de circunferência e uma casca com 6 mm de espessura.

Após fazer cortes em tiras diagonais na casca, o seringueiro prende uma pequena cumbuca ao tronco para a coleta do látex.

O seringueiro tem enorme responsabilidade nesse processo, para que a árvore não se danifique e em 20 a 30 dias possa ser cortada de novo. Nesse intervalo de tempo sua casca já é capaz de se regenerar e ficar lisa e pronta para nova sangria.

A borracha atraiu muitos estrangeiros para o Brasil, deslumbrados com a enorme riqueza proporcionada pelo látex.

O porto de Manaus estava conectado diretamente com os maiores portos da Europa, elevando a Amazônia a um lugar central no mapa-múndi.

Porém, mais do que borracha, a floresta começou a produzir milionários excêntricos.

Os seringalistas e exportadores de Manaus estavam ficando tão ricos que mandavam lavar seus lençóis em Lisboa.

Grandes atrações de ópera vinham da Europa só para se apresentar no famoso Teatro de Manaus, o mais luxuoso da época.

Justamente na época do *boom* da borracha, na década de 1870, o Nordeste brasileiro sofria uma de suas maiores secas. Os nordestinos viram no látex a sua chance de sobrevivência.

Os brasileiros se revoltaram e foi aí que começou a existir um lugar chamado Aquiri, o Acre.

Foi o governo de Manaus que financiou as primeiras tentativas de independência da região. Afinal, quanto mais borracha o Amazonas

Assim, eles invadiram esse pedaço da Bolívia e se embrenharam pelo mato.

Mas, quando os bolivianos perceberam um monte de brasileiros ganhando dinheiro com as suas seringueiras, acionaram os cobradores de impostos.

pudesse escoar, maior a riqueza. E o que não faltava no Acre era seringueira. O desbravamento da Amazônia foi um dos primeiros empreendimentos feitos no Brasil sem o uso de trabalho escravo.

Depois de muita luta contra os cobradores de impostos bolivianos, os brasileiros da floresta, os seringueiros, se rebelaram. Inspirados pela Revolução Francesa, eles ansiavam por um território independente.

O líder deles era o jornalista espanhol Luiz Rodrigues de Arias Galvez.

Para alguns, ele foi um louco; para outros, um herói.

Galvez tinha a simpatia e o apoio financeiro do Brasil, mas bastou ameaçar um boicote da borracha para ser derrubado pelo próprio governo brasileiro. As terras foram devolvidas para a Bolívia. Em 1902, o militar brasileiro Plácido de Castro chegou com seu lendário "Exército de Seringueiros" e venceu os bolivianos,

proclamando outra vez o Estado Independente do Acre, que, no ano seguinte, foi anexado ao Brasil pelo Tratado de Petrópolis.

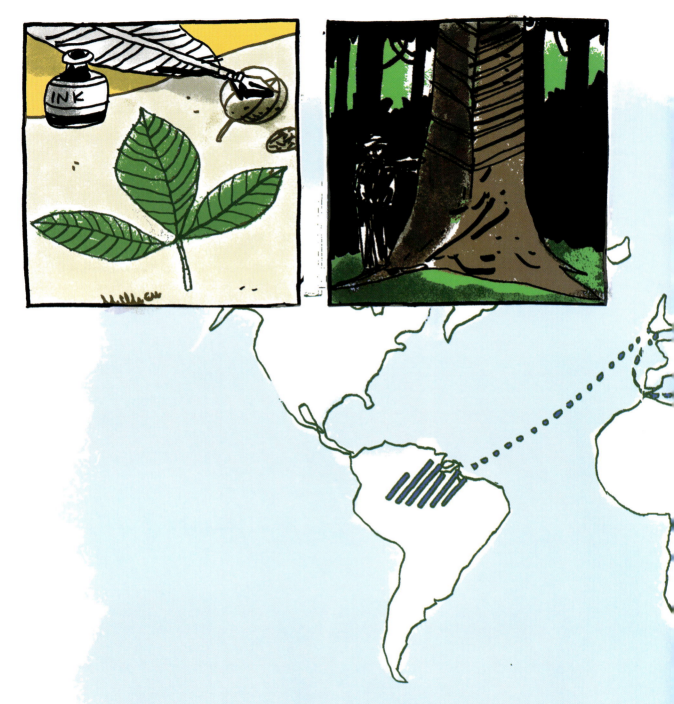

Mas, enquanto o Brasil colhia seus frutos e gastava seu dinheiro, milhares de seringueiras estavam crescendo na Malásia, muito longe daqui. Elas chegaram lá 50 anos antes, em forma de sementes, contrabandeadas por um comerciante inglês: Henry Wickham.

Esse comerciante, ou contrabandista, foi o responsável pelo fim dos sonhos de riqueza do Brasil com a borracha. Ele escondeu sementes da *Hevea brasiliensis* dentro de animais empalhados e despachou para a Inglaterra para serem cultivadas. De lá, levou as mudas para a Malásia.

Quando as seringueiras do Extremo Oriente começaram a produzir, dominaram o mercado internacional. Em 1910 o Brasil respondia por 50% da produção mundial de látex. Quinze anos depois, sua participação no mercado já era menor que 5%.

A essa altura o Acre já era território brasileiro. O *boom* da borracha acabou de repente e levou muita gente à falência, mas deixou uma herança muito boa para esse estado: mais de 80% de seu território é de floresta preservada.

Não é de estranhar que o estado do Acre seja exatamente do mesmo tamanho que os seus seringais. Ele foi criado de acordo com a incidência de seringueiras na floresta.

Mais ou menos assim: até onde existe seringueira é Acre. A gente pode dizer que o mapa do Acre foi desenhado pelas "estradas" dos seringueiros.

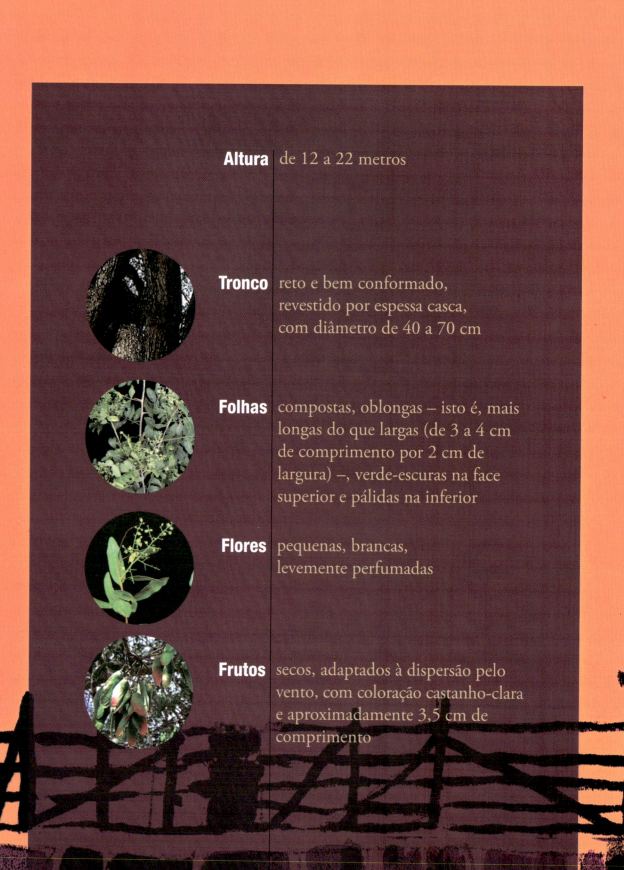

Altura	de 12 a 22 metros
Tronco	reto e bem conformado, revestido por espessa casca, com diâmetro de 40 a 70 cm
Folhas	compostas, oblongas – isto é, mais longas do que largas (de 3 a 4 cm de comprimento por 2 cm de largura) –, verde-escuras na face superior e pálidas na inferior
Flores	pequenas, brancas, levemente perfumadas
Frutos	secos, adaptados à dispersão pelo vento, com coloração castanho-clara e aproximadamente 3,5 cm de comprimento

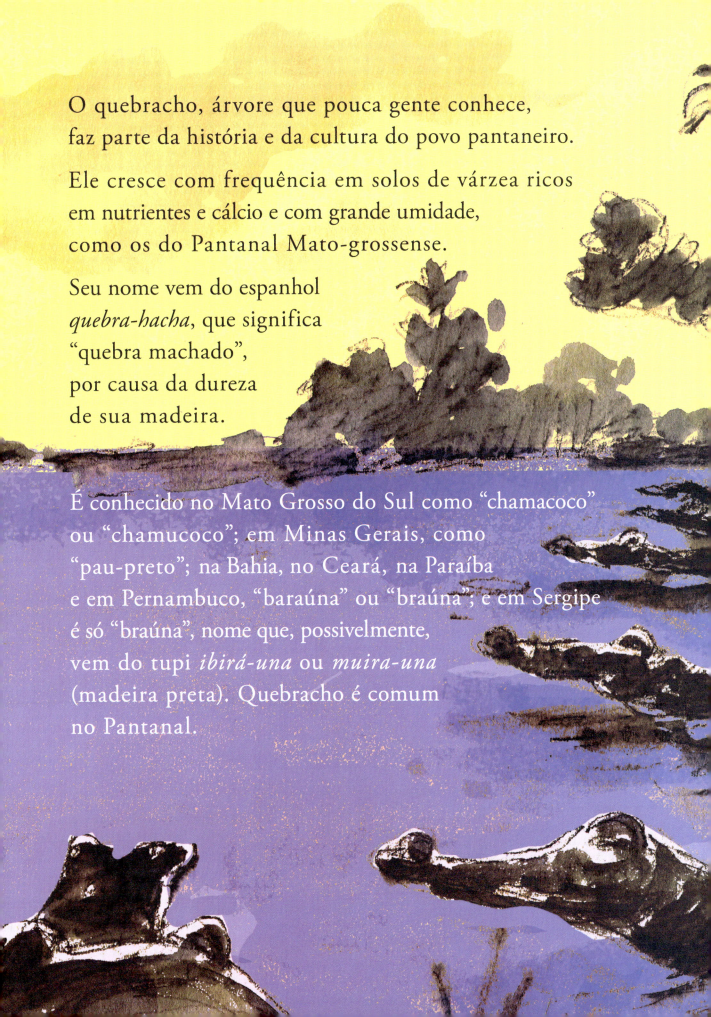

O quebracho, árvore que pouca gente conhece, faz parte da história e da cultura do povo pantaneiro.

Ele cresce com frequência em solos de várzea ricos em nutrientes e cálcio e com grande umidade, como os do Pantanal Mato-grossense.

Seu nome vem do espanhol *quebra-hacha*, que significa "quebra machado", por causa da dureza de sua madeira.

É conhecido no Mato Grosso do Sul como "chamacoco" ou "chamucoco"; em Minas Gerais, como "pau-preto"; na Bahia, no Ceará, na Paraíba e em Pernambuco, "baraúna" ou "braúna"; e em Sergipe é só "braúna", nome que, possivelmente, vem do tupi *ibirá-una* ou *muira-una* (madeira preta). Quebracho é comum no Pantanal.

O quebracho é uma árvore de caráter solitário, sendo encontrada na companhia de poucas unidades da mesma espécie. É também uma árvore longeva. E, apesar do crescimento lento, é muito utilizada em paisagismo, pois apresenta características ornamentais. A época de floração do quebracho pode variar de um ano para o outro. No Mato Grosso do Sul, floresce em julho.

Na história do Pantanal, o quebracho é visto como um herói de guerra por muitos que o conhecem.

No século XIX, o Brasil, que formava a Tríplice Aliança com a Argentina e o Uruguai, declarou guerra contra o ditador paraguaio Francisco Solano López e sua política expansionista.

A intenção do ditador paraguaio era conquistar terras na região da bacia do Prata e, assim, conseguir para seu país uma saída para o oceano Atlântico. As batalhas entre os exércitos causaram incêndios na região do rio Paraguai, que, durante a guerra, era um ponto estratégico.

Todos os produtos da região, tanto do Paraguai quanto do Oeste brasileiro, eram escoados pelo rio, e quem o dominasse controlaria a economia do inimigo.

Durante o conflito, a Marinha brasileira dobrou sua frota de navios de guerra, o que acabou virando motivo de orgulho nacional.

As primeiras grandes glórias militares brasileiras vieram das batalhas no rio Paraguai, assim como os primeiros heróis de guerra.

Alguns ficaram muito conhecidos, como o Duque de Caxias e o almirante Tamandaré. Outros nem tanto, como o quebracho.

Nas margens do rio Paraguai havia inúmeros quebrachos. E, como a madeira dessa árvore é especialmente dura, alguém teve a ideia de fincar estacas de quebracho no leito do rio, formando uma barreira submersa.

Qualquer barco grande que tentasse passar por ali tinha o fundo do casco avariado pelas toras de quebracho.

A Batalha Naval do Riachuelo é considerada pelos historiadores uma das mais importantes da Guerra do Paraguai. Ela ocorreu no dia 11 de junho de 1865, às margens de um afluente do Paraguai, o rio Riachuelo, na província de Corrientes, Argentina.

Comandada pelo almirante Barroso, foi um duro combate entre as esquadras brasileira e paraguaia. E a vitória foi decisiva para a Tríplice Aliança, que passou a controlar os rios desde a bacia Platina até a fronteira com o Paraguai, reafirmando a derrota desse país.

O pintor Victor Meirelles, comissionado pelo ministro da Marinha do Brasil, Afonso Celso, montou seu ateliê a bordo do navio *Capitânia*, da esquadra brasileira. Ali trabalhou por dois meses os esboços de seu quadro *Combate Naval do Riachuelo*. Quando retornou ao Rio de Janeiro, pintou a famosa tela que retrata a batalha.

Combate Naval do Riachuelo, 1882-83 | Victor Meirelles
óleo sobre tela, 420 x 820 cm | Museu Histórico Nacional, Rio de Janeiro
Foto Luísa Henriqueta/Laeti Imagens

Em 1869, sob a liderança do Duque de Caxias,

o exército brasileiro invadiu o Paraguai, e a capital do país, Assunção, foi tomada pelos militares.

No ano seguinte, com a morte de Solano López na batalha travada em Cerro Corá, a guerra chegou ao fim.

O saldo do conflito foi aterrorizante, milhares de sul-americanos mortos,

inclusive mulheres e crianças paraguaias, e muitas dívidas para todos os países envolvidos na disputa.

O Paraguai era, então, um país destruído, com a maior parte de sua população morta. Sua indústria, que começava a se desenvolver, ficou arrasada, e o país foi obrigado a voltar a se dedicar à produção agrícola.

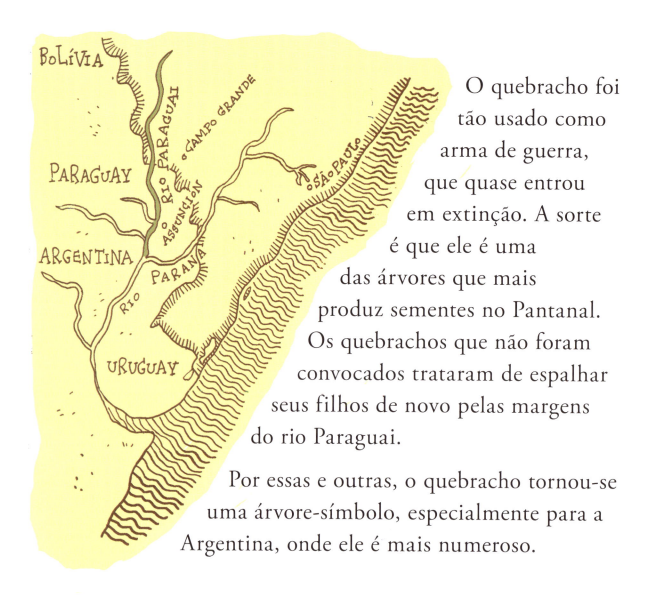

O quebracho foi tão usado como arma de guerra, que quase entrou em extinção. A sorte é que ele é uma das árvores que mais produz sementes no Pantanal. Os quebrachos que não foram convocados trataram de espalhar seus filhos de novo pelas margens do rio Paraguai.

Por essas e outras, o quebracho tornou-se uma árvore-símbolo, especialmente para a Argentina, onde ele é mais numeroso.

A guerra acabou em 1870.

Mas o quebracho não teve sossego.

Foi justamente nessa época que a economia pantaneira descobriu seu uso mais rentável: a extração de tanino.

Essa substância é muito usada na indústria farmacêutica e na curtição do couro, processo que transforma um material putrescível (pele) em material que não apodrece (couro).

O tanino é encontrado em diversas espécies vegetais, e a casca do quebracho é rica nessa substância: contém cerca de 20% de tanino.

A pacata árvore de fazenda, que havia se tornado uma eficiente arma de guerra, revolucionou a economia pantaneira.

Esse *boom* coincidiu com o apogeu do Porto Corumbá, o terceiro maior da América Latina, por onde, junto com o tanino, escoava também toda a produção do Oeste brasileiro e dos países vizinhos.

Por causa das regiões alagadas do Pantanal, não havia caminho por terra. O rio Paraguai era a única via de comunicação de toda essa área com o mundo.

A cidade de Porto Murtinho, no Mato Grosso do Sul, nasceu da extração do quebracho na primeira metade do século XX,

em volta de uma das fábricas de tanino mais modernas do mundo.

Ela era inteiramente montada com maquinário importado da Alemanha.

Em contrapartida, a indústria alemã era abastecida com o tanino fabricado no Pantanal.

Na época, o tanino era considerado um produto estratégico, por isso a fábrica de Porto Murtinho era administrada por alemães.

Mas, quando a Segunda Grande Guerra eclodiu, os alemães abandonaram a fábrica e desapareceram.

A indústria de extração do tanino foi responsável pelo intenso desmatamento da região sul do Pantanal, em especial a região de Porto Murtinho, o que quase levou novamente a árvore à extinção.

Ao mesmo tempo que os alemães abandonavam a fábrica de tanino, descobriam-se outras fontes da substância, ainda melhores que o quebracho, como a acácia-negra – árvore muito cultivada no Rio Grande do Sul – e o tanino sintético.

A decadência econômica, com o fim do *boom* do tanino, causou muitos dramas sociais em toda a região mas salvou a pele do quebracho.

Porém, quando isso aconteceu, há alguns anos, no estado de São Paulo estava sendo construída uma linha ferroviária que voltaria a movimentar a região pantaneira.

O quebracho seria usado novamente por causa de sua madeira dura, desta vez para fabricar os dormentes dos trilhos que seriam instalados na região.

BOLÍVIA

E.F. NOROESTE DO BRASIL

CORUMBÁ

MATO GROSSO

CAMPO GRANDE

PONTA PORÃ

PARAGUAY

A Noroeste, como ficou conhecida essa estrada de ferro, partia da cidade de Bauru. O objetivo de sua construção era estabelecer uma ligação ferroviária entre os oceanos Atlântico e Pacífico através do Mato Grosso e da Bolívia.

Em seis anos, a linha alcançou o atual estado do Mato Grosso do Sul, com mais de 450 km de trilhos instalados em plena mata.

A Noroeste é um dos raros casos brasileiros em que a ferrovia precedeu o surgimento das cidades.

Hoje o quebracho é usado na arborização de praças; tem importante papel na atração de abelhas e outros insetos, sendo considerado uma planta melífera; e suas folhas servem de alimento também para caprinos e ovinos, especialmente na época de estiagem.

Conforme a ferrovia avançava no então desconhecido sertão, também surgiam as estações, que, junto com os acampamentos de trabalhadores da empreitada, acabaram por formar os primeiros povoados na região.

Surgiram assim diversas cidades ao longo da linha férrea.

É usado no tratamento de verminose de animais domésticos; na medicina popular, contra histeria, nervosismo, dores de dente e de ouvido.

Depois de tanto servir o homem, ele pede ajuda para sobreviver. Seu nome consta da Lista Oficial do Ibama de Espécies da Flora Brasileira Ameaçadas de Extinção.

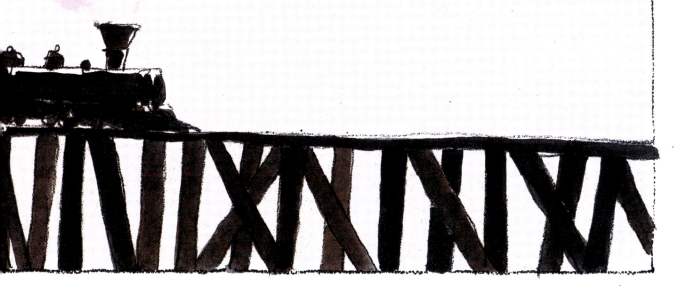

Altura de 3 a 8 metros

Tronco curto e ramificado desde a base, com diâmetro de 20 a 35 cm

Folhas longas, grossas, recortadas e com espinhos nas nervuras

Flores brancas, hermafroditas, com cerca de 4 mm de diâmetro e em cachos axilares e terminais

Frutos recobertos por pelos urticantes, com três sementes, que têm abertura espontânea quando ficam maduros, de maio a julho

Favela

Cnidoscolus phyllacanthus

Hoje todos relacionam a palavra "favela" às comunidades que vivem informalmente nas cidades, especialmente nos morros. Em seu sentido original, porém, essa palavra nomeia uma árvore solitária da árida caatinga.

A árvore favela, ou faveleiro, faz parte de uma lista de árvores pouco estudadas e, como estas, espera uma oportunidade para se tornar uma lavoura importante na economia do país. Seu valor industrial deve-se principalmente ao óleo fino extraído de suas sementes, que pode ser usado na alimentação. As sementes também podem ser transformadas em farinha comestível. E a casca da árvore pode ser usada com fins medicinais, na cicatrização de ferimentos.

A caatinga é o único bioma exclusivamente brasileiro. Predomina na região de clima semiárido e sua formação vegetal se caracteriza por árvores pequenas e de médio porte, de aparência seca, compondo uma paisagem singular.

O escritor Euclides da Cunha, em seu livro *Os sertões*, ao falar da caatinga, afirma que esta "o afoga; abrevia-lhe o olhar; agride-o e estonteia-o; enlaça-o na trama espinescente e não o atrai; repulsa-o com as folhas urticantes, com o espinho, com os gravetos estalados em lanças; e desdobra-se-lhe na frente léguas e léguas, imutável no aspecto desolado" (p.29).

Essa imagem, tão comum nos textos que a descrevem, sempre levou à falsa ideia de que a caatinga seria um bioma pobre em biodiversidade. Entretanto, estudos revelaram que é rica em recursos genéticos e bastante heterogênea. O aspecto agressivo da vegetação contrasta com o colorido das flores que surge no período das chuvas.

Neste cenário quente e espinhoso, no final do século XIX, viveu um homem que ficou conhecido como António Conselheiro.

Ele rodou o Nordeste inteiro a pé, fazendo sermões, falando do Evangelho e dando conselhos, e acabou atraindo milhares de seguidores.

Em sua maioria, retirantes, ex-escravos, gente muito pobre e sem esperança, mas com uma capacidade incrível de sobrevivência.

67

O primeiro registro público sobre o Conselheiro apareceu num pequeno periódico gratuito da cidade de Estância, Sergipe, em novembro de 1874:

"A bons seis meses que por todo o centro desta e da Provincia da Bahia, chegado, (diz elle,) do Ceará infesta um aventureiro santarrão (...)

Esse mysterioso personagem, trajando uma enorme camisa azul que lhe serve de habito a forma do de sacerdote, pessimamente suja, cabellos mui espessos e sebósos entre os quaes se vê claramente uma espantosa multidão de bixos (piôlhos).

Distingue-se elle pelo ar mysterioso, olhos baços, téz desbotada e de pés nus; o que tudo concorre para o tornar a figura mais degradante do mundo.

(...) não aceita esmolas, e a sua allimentação é a mais resumida e simples possivel. (...) Dizem que elle não teme a nada, e que estará a frente de suas ovelhas. Que audácia! O povo fanático sustenta que n'elle não tocarão; Já tendo se dado casos de pegarem em armas para defendel-o. Para qualquer lugar que elle se encaminha segue-o o povo em tropel, e em número fabuloso."

Jornal *O Rabudo*, ano I, nº 7, Estância, 22 nov. 1874.

Em 1893, quando, finalmente, ele resolveu parar com a peregrinação, se estabeleceu com mais de 25 mil seguidores em Canudos, na Bahia. E criou uma aldeia onde a propriedade e o trabalho eram coletivos, onde não se pagavam impostos.

Um lugar onde as leis da república instaurada no Brasil pelos militares eram ignoradas.

Vista panorâmica de Canudos, Bahia, antes do assalto final, 1897
FLAVIO DE BARROS | Arquivo Histórico do Museu da República

Enquanto Antônio Conselheiro ia virando lenda no Nordeste,

os militares, no Ministério da Guerra, tentavam recuperar a moral perdida.

No Rio de Janeiro, as autoridades não estavam nada satisfeitas...

Os militares enviaram três expedições para destruir o Arraial de Canudos e todas elas fracassaram.

Os jagunços, miseráveis e famintos, armados de paus e pedras, sempre botavam pra correr os soldados, armados de fuzis e canhões.

Todos os comandantes da terceira expedição, chefiada pelo coronel António Moreira César, morreram; o canhão 33, a arma secreta do Exército para ganhar a guerra, tinha explodido sem mais nem menos; a varíola estava matando os soldados...
Falava-se até de uma maldição de Canudos.

Nessa altura, os soldados começavam a cismar:

"Mas, afinal, por que eu estou lutando contra um grupo de miseráveis que nunca fez mal a ninguém?"

Quando os soldados chegaram à caatinga, viram pela primeira vez uma favela. Na verdade, como estava acontecendo a pior seca do século **XIX**, o que eles viram foi um monte de galhos secos, que poderiam passar despercebidos, não fosse por um detalhe: quem esbarrasse sem querer nos espinhos da favela nunca mais se esqueceria dela...

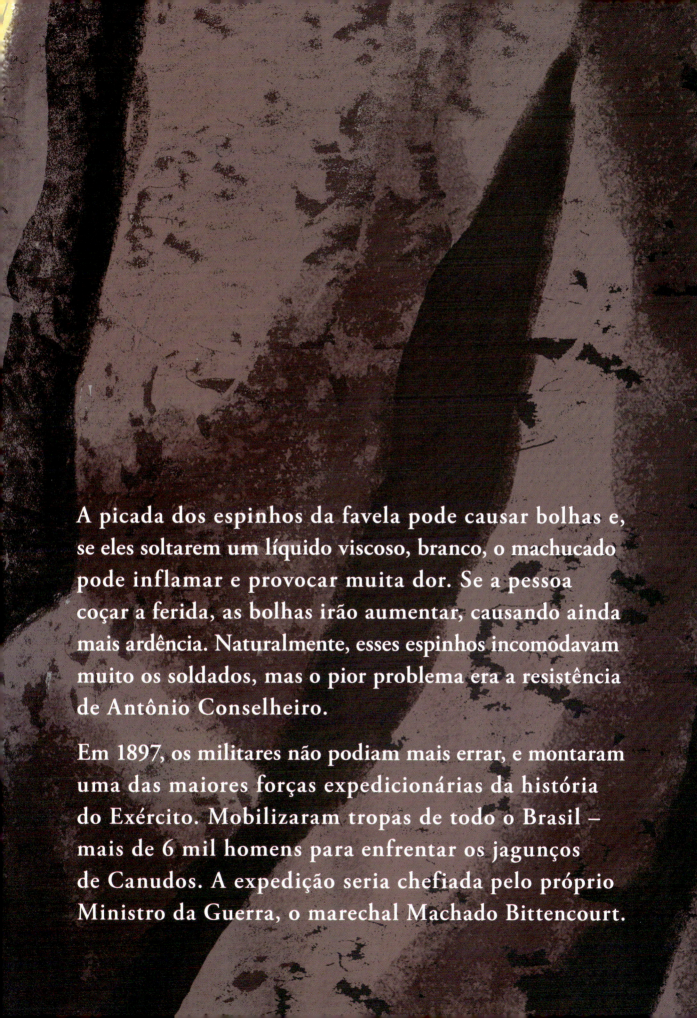

A picada dos espinhos da favela pode causar bolhas e, se eles soltarem um líquido viscoso, branco, o machucado pode inflamar e provocar muita dor. Se a pessoa coçar a ferida, as bolhas irão aumentar, causando ainda mais ardência. Naturalmente, esses espinhos incomodavam muito os soldados, mas o pior problema era a resistência de Antônio Conselheiro.

Em 1897, os militares não podiam mais errar, e montaram uma das maiores forças expedicionárias da história do Exército. Mobilizaram tropas de todo o Brasil – mais de 6 mil homens para enfrentar os jagunços de Canudos. A expedição seria chefiada pelo próprio Ministro da Guerra, o marechal Machado Bittencourt.

Depois de apanhar muito, os soldados conseguiram conquistar um ponto estratégico, um morro de onde se dominava toda a paisagem do povoado de Canudos. Dali eles podiam ver aquele aglomerado enorme e desordenado de casas.

Euclides da Cunha, que acompanhava o conflito como correspondente de guerra do jornal *O Estado de S. Paulo*, descreve essa paisagem em seu livro (p. 223):

"Inesperado quadro esperava o viajante que subia as ondulações mais próximas de Canudos... E no primeiro momento, antes que o olhar pudesse acomodar-se àquele montão de casebres, presos em rede inextricável de becos estreitíssimos, o observador tinha a impressão exata de topar, inesperadamente, uma cidade vasta."

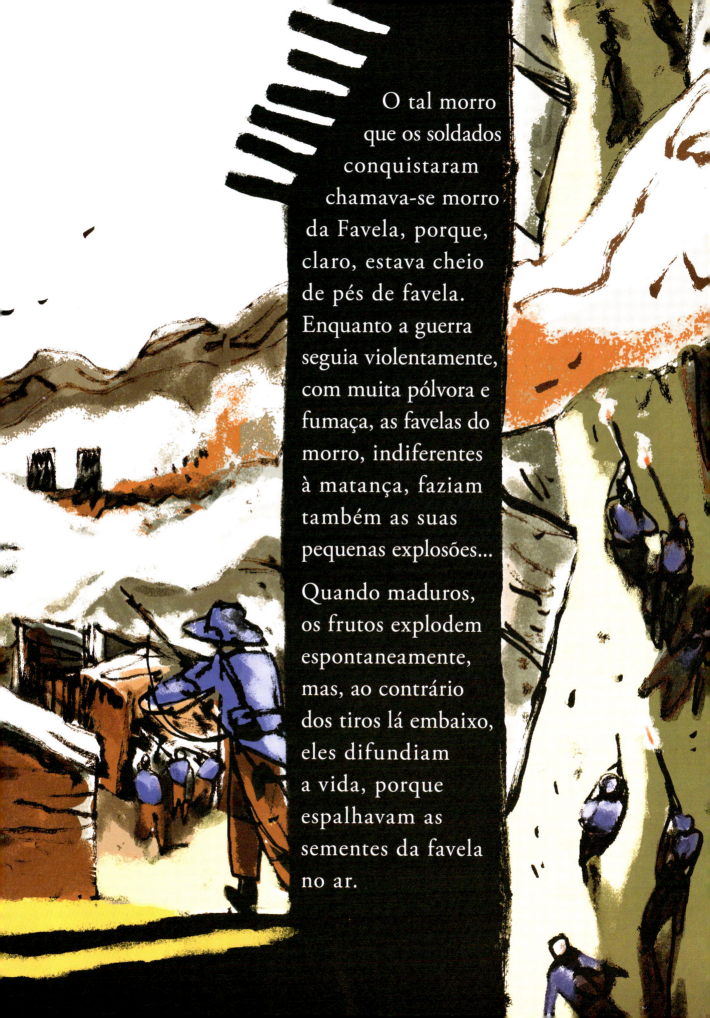

O tal morro que os soldados conquistaram chamava-se morro da Favela, porque, claro, estava cheio de pés de favela. Enquanto a guerra seguia violentamente, com muita pólvora e fumaça, as favelas do morro, indiferentes à matança, faziam também as suas pequenas explosões...

Quando maduros, os frutos explodem espontaneamente, mas, ao contrário dos tiros lá embaixo, eles difundiam a vida, porque espalhavam as sementes da favela no ar.

Os soldados, além de tudo, levaram um calote do Exército.

Os soldos prometidos não foram pagos.

Para pressionar as autoridades a atender aos seus direitos,

eles acamparam num morro que ficava atrás do Ministério da Guerra, o morro da Providência.

O povo preferia esquecer o episódio, e esquecer também os seus "heróis". Para piorar a situação, no dia da parada da vitória, na hora da festa,

o marechal Machado Bittencourt,

o herói máximo, foi morto.

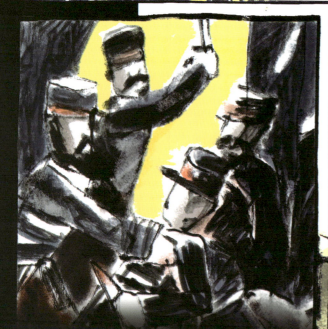

Ao defender o Presidente da República, Prudente de Moraes, o marechal Bittencourt impediu seu assassinato mas acabou apunhalado pelo agressor.

A Guerra de Canudos ainda não tinha acabado.

Instalados no morro, em casebres precários, "presos em rede inextricável de becos estreitíssimos", exatamente como Euclides da Cunha tinha descrito o Arraial de Canudos, os ex-combatentes perceberam que tinham mais a ver com o inimigo que haviam derrotado do que com os comandantes do Exército.

Por isso, talvez, eles ergueram um oratório no alto do morro, para colocar o santo que trouxeram da guerra: uma imagem de Cristo benzida pelo próprio Antônio Conselheiro...
E, talvez também por isso, eles apelidaram seu morro de morro da Favela...

O nome ficou.

Durante muitos anos o morro da Providência foi chamado de morro da Favela – até que essa palavra ficou tão famosa que adquiriu outro significado:

"designa um conjunto de habitações populares toscamente construídas"...

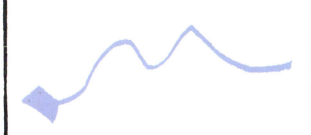

O termo "favela" se tornou tão genérico e corriqueiro que o morro da Favela teve de voltar a se chamar morro da Providência, para se diferenciar dos outros morros, onde novas favelas surgiram.

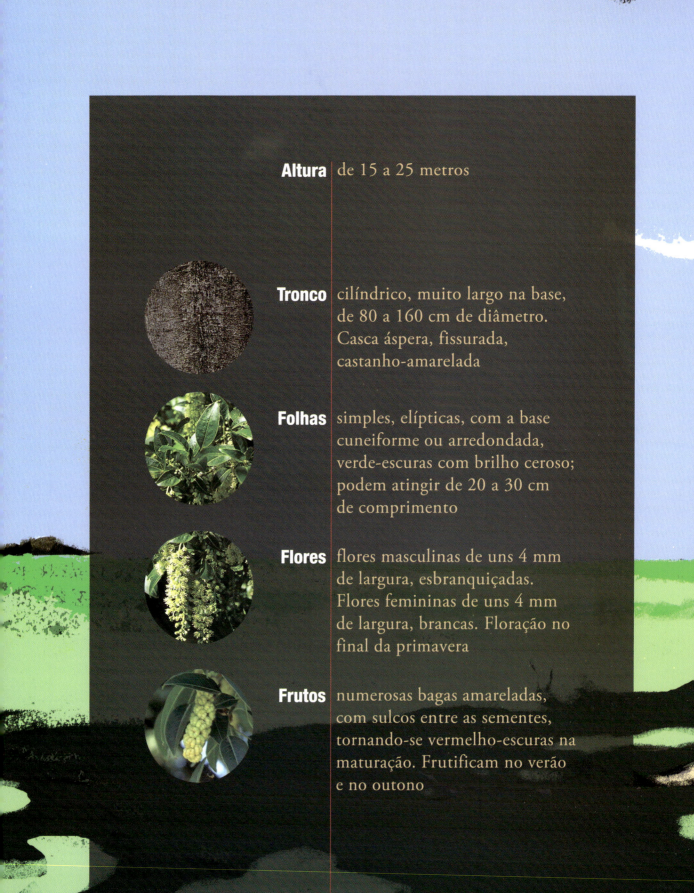

Altura	de 15 a 25 metros
Tronco	cilíndrico, muito largo na base, de 80 a 160 cm de diâmetro. Casca áspera, fissurada, castanho-amarelada
Folhas	simples, elípticas, com a base cuneiforme ou arredondada, verde-escuras com brilho ceroso; podem atingir de 20 a 30 cm de comprimento
Flores	flores masculinas de uns 4 mm de largura, esbranquiçadas. Flores femininas de uns 4 mm de largura, brancas. Floração no final da primavera
Frutos	numerosas bagas amareladas, com sulcos entre as sementes, tornando-se vermelho-escuras na maturação. Frutificam no verão e no outono

Foto Ronai Rocha

O umbu é uma espécie bem rústica e pouco exigente, de crescimento muito rápido. Na verdade, é uma erva gigante, pois não tem tecido lenhoso: sua madeira é esponjosa.

Essa planta herbácea de grandes dimensões é encontrada nos pampas da América do Sul, mas não se sabe ao certo qual sua área natural, onde surgiu pela primeira vez. Há tempos ela se tornou o símbolo da cultura gaúcha.

O umbu não apresenta um padrão único. Cada um tem um formato diferente. É uma árvore que nasce solitária, e não há um umbu igual a outro.

A característica mais marcante do umbu é a sua base intrincada e disforme. As raízes, que ficam para fora do solo, formam uma espécie de pedestal. E, ao longo do seu crescimento, elas vão enlaçando tudo o que está à sua volta, como pedras e muros.

"Umbu", "ombu" ou "ambu" são alguns dos nomes dados à árvore *Phytolacca dioica L*. São palavras derivadas do guarani *ombu*, que significa "sombra" ou "vulto". Por ser uma árvore muito frondosa, produz bastante sombra ao seu redor, por isso também é conhecida por "bela-sombra".

No Rio Grande do Sul, o que não falta para essa árvore é nome popular: cebolão, ceboleiro, árvore-queijo, maria-mole...

Todos esses apelidos parecem meio pejorativos, mas dizem respeito à sua principal característica: madeira esponjosa, que parece frágil e sem utilidade. Mas é o contrário. Essa foi a árvore mais útil na história desse estado. É justamente essa madeira esponjosa que faz o tronco do umbu "ocar" por dentro. Todo animal silvestre da região sabe, e todo gaúcho também, que em qualquer emergência é só correr para dentro de um umbu.

O Rio Grande do Sul é um estado que nasceu no campo, nas invernadas, com tropeiros levando gado de um lado para o outro. Portanto, nada é mais útil para um tropeiro do que um umbu no meio do caminho, para protegê-lo do sol forte e da chuva.

Podemos dizer que esse estado nasceu em torno do umbu. Muito gaúcho parou embaixo de sua sombra para descansar, para se proteger e, principalmente, para contar histórias.

No tempo das Missões Jesuíticas, no século XVI, quando índios e brancos começaram a "inventar" o Rio Grande do Sul, a história que corria sobre o umbu tinha um tom bíblico.

"No princípio as árvores eram todas iguais. Mas um dia Deus estava muito contente, porque os diabos e os homens maus tinham sido derrotados, e resolveu comemorar isso satisfazendo as vontades das árvores.

Perguntou para a coronilha o que é que ela queria, ela respondeu que queria ser tão dura a ponto de resistir aos golpes de machado. Perguntou para o molho, ele disse que queria saber assoviar. Perguntou para a figueira do campo, ela disse que queria ser muito forte, muito alta, muito bonita. E assim Deus foi satisfazendo o pedido de todas as árvores.

Quando chegou a vez do umbu, este disse que queria ter o corpo muito fraco, como madeira à toa, mas, se fosse possível, queria ser grande, para dar bastante sombra aos homens. Deus satisfez a vontade dele, igualmente, mas antes perguntou por que queria ter a madeira fraca e mole, enquanto todas as árvores queriam ser fortes e duras como a coronilha.

Então o umbu explicou que não queria que a sua madeira pudesse servir, algum dia, para cruz e sacrifício de um santo. E desde aí o umbu é assim."

Barbosa Lessa. *Os guaxos*. São Paulo: Francisco Alves, 1959, pp. 97-8.

Mas não são apenas o tronco e a sombra do umbu que são temas de histórias. O seu fruto, que dá em cachos nas árvores, é banquete para os pássaros e o gado. Mas, para o homem, dizem que o fruto e principalmente a folha do umbu têm um alto poder laxativo, ou, como se costuma dizer, "fazem o homem correr".

O que faz o homem correr atrai o gado. E o que vem sempre atrás do gado? O homem, tocando a boiada.

Foi assim que se começou a contar a história desse estado: o homem atrás da boiada e a boiada em busca de um grande umbu para mastigar seus frutos e folhas e descansar à sua sombra.

O gado e o tropeiro surgiram no Rio Grande do Sul em 1634, na figura do padre Cristóvão de Mendonça. Jesuíta espanhol, ele tropeou mais de mil e quinhentos animais desde a Argentina. O objetivo dessa primeira tropeada foi alimentar os índios das Missões.

Ele trouxe muito boi, vaca, ovelha, e também aproveitou para trazer o cavalo e a mula. O Rio Grande do Sul era geograficamente perfeito para a criação desses animais.

E o gado foi se criando com muita naturalidade em seus extensos campos.

 Barbosa Lessa, escritor tradicionalista gaúcho, costumava chamar o Rio Grande do Sul de "imenso curral formado pela natureza".

Em seu livro *Histórias e lendas do Rio Grande do Sul*, ele mostra a importância que a literatura oral tem para esse estado, como parte fundamental na formação de sua cultura e identidade. Ao mesmo tempo que é vasta, ela é "complexa – quanto à disparidade de épocas e de lugares –, colocando num mesmo todo histórias da Bíblia e histórias dos índios" (p. 10).

Segundo Lessa, "pra ensinar os índios, os padres contavam causos. Dum jeito que fosse fácil de entender e que fizesse a gente se lembrar depois. Por isso entreveraram o Menino Jesus com as perdizes, o linguado, o tatu-mulita, o gambá e o quero-quero. Mas um dia um padre contou que Jesus Cristo é que inventara o chimarrão; mas poucos acreditaram, porque chimarrão – esse não! – foi presente de Tupã" (p. 11).

Os índios se adaptaram aos rodeios e às charqueadas e se tornaram ótimos cavaleiros.

Já os jesuítas aprenderam com os índios as peculiaridades da flora local.

Aprenderam, por exemplo, a apreciar a sombra do umbu.

O padre Cristóvão de Mendonça se tornou um herói na região. O povo das Missões o considerava um ídolo, e assim foi até na sua morte. Seu cortejo fúnebre virou história. Nunca se ouviu de uma multidão um canto tão triste.

Nas diversas hipóteses que encontramos para a etimologia de "gaúcho", destaca-se a da origem árabe: *gaúch*, formada por *gau*, que é "boi", "vaca", e o sufixo diminutivo *chi*.

E ainda do árabe *chauch*, que significa "tropeiro".

Alguns historiadores sustentam que a palavra "gaúcho" poderia ter se originado de *gauche*, termo francês do século XVIII que significa "grosseiro", "bruto", "selvagem".

Outra hipótese seria a da mistura do termo *guahú*, da língua guarani, que significa "canto triste", e *che*, que significa "gente".

Quando o padre Cristóvão de Mendonça morreu e os jesuítas espanhóis foram expulsos do Rio Grande do Sul, a terra e o gado ficaram totalmente abandonados, sem dono.

Bandeirantes, campeiros e tropeiros vinham de outras regiões para capturar o gado que tinha ficado solto pelos campos.

O comércio de animais, conduzidos de uma região para outra pelos tropeiros, começou a crescer e virou o sustento econômico do Rio Grande do Sul.

Homem do Rio Grande, Gaúcho, 1825 | Jean-Baptiste Debret
Aquarela MEA 0191 | Museus Castro Maya – IBRAM/MinC
Foto Horst Merkel

Hoje, "gaúcho" tem como melhor sinônimo o homem que está intimamente relacionado às coisas da terra a ao gado.

E a sombra do umbu se tornou ponto de referência.

O gado parava naturalmente embaixo dele para descansar, e os tropeiros se acomodavam junto.

Acendiam o fogo, comiam um churrasco, bebiam o chimarrão e começavam a prosear. Papo de tropeiro, papo de umbu...

Contar causos à sombra do umbu virou uma tradição gaúcha.

Isso porque a história do Rio Grande do Sul está cheia de conflitos:

Guerra das Missões, Revolução Farroupilha, Guerra do Paraguai, Revolução Federalista de 1893, Revolução de 1923, Insurreição de 1930.

E os gaúchos também usavam o umbu como esconderijo.

Mas o umbu não serve só para proteger a família. É também um ótimo lugar para esconder tesouros.

Numa terra de tantos conflitos, era dentro do umbu que as famílias se escondiam.

E se esconder no oco do umbu acabou virando uma tradição.

Em meio aos conflitos e guerras, muita gente escondia ouro no oco do umbu.

Muitos gaúchos morreram sem conseguir resgatar o que tinham escondido.

Existe até hoje no Rio Grande do Sul
a lenda da Mãe do Ouro.

Diz essa lenda que uma bola de luz
vem flutuando pelos campos
e para no umbu que tiver um
tesouro escondido.

A bola de luz se transforma numa mulher,
a Mãe do Ouro. Ela sobe pelo tronco,
vai até a copa, ilumina todas as folhas e desce
até a raiz. Na raiz, a luz vai diminuindo,
diminuindo, até sumir.

Uma árvore pode mover a economia de um lugar. Com seus frutos ou sua madeira, ela pode gerar recursos e alimentar o povo de uma região.

O umbu não faz nada disso... Mas ele alimenta a cultura do povo: oferecendo sombra e assunto, ele não deixa que as histórias morram. O melhor fruto do umbu é mesmo a tradição oral.

Altura	de 8 a 30 metros
Tronco	áspero e descamante, com diâmetro de 50 a 70 cm
Madeira	muito pesada, dura e resistente
Folhas	bipartidas, com comprimento de 10 a 15 cm
Flores	com 5 pétalas, 4 amarelas e 1 vermelha

Foto Harri Lorenzi

Você sabe por que uma árvore inspirou o nome de um país? Ou já teve oportunidade de ver de perto um pau-brasil? Conseguiria reconhecê-lo numa floresta ou na rua de uma cidade brasileira?

Antes da chegada dos portugueses às terras de Vera Cruz, todo o litoral era repleto dessa espécie, principalmente nas áreas que hoje formam o Rio de Janeiro, a Bahia e Pernambuco. Mas o pau-brasil se tornou tão valioso que hoje a árvore, também conhecida como ibirapitanga, orabutã ou pau-rosado, está ameaçada de extinção. A exploração indiscriminada aconteceu por causa do corante vermelho extraído dessa árvore. Para entender essa história, precisamos voltar ao tempo em que o Brasil ainda não tinha esse nome e a maioria da população era indígena.

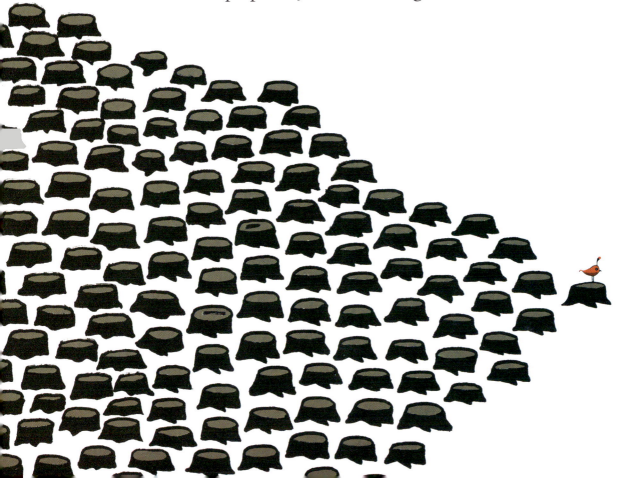

Em 1501, Américo Vespúcio, mercador e navegador italiano, que participou da expedição portuguesa para explorar o novo continente, descreveu o Brasil assim:

"Nessa costa não vimos coisa de proveito, exceto uma infinidade de árvores de pau-brasil... E visto que não encontrávamos coisa de metal algum, acordamos nos despedirmos dela..."

Nos primeiros trinta anos depois do descobrimento, o Brasil viveu exclusivamente da exploração do pau-brasil. Até esse momento a árvore foi a única coisa de valor que os portugueses encontraram aqui.

O pau-brasil virou um bom negócio.

Tanto que começou a atrair piratas.

Pra garantir o controle da colônia, sem gastar nada, o rei Dom Manoel arrendou as terras para Fernando de Noronha, um milionário da época.

O pau-brasil disseminou a moda vermelha na Europa no século XVI. A madeira era muito boa para a fabricação de móveis e seu pigmento era usado para tingir tecidos.

Mas a cor era exclusiva para a alta nobreza, instituindo na Europa o conceito de *status*... A moda começava a distinguir as classes sociais.

Os primeiros VIPs não usavam crachá, usavam roupa vermelha.

Agora, imagine você no século XVI, no Reino de Dom Manoel, admirando o desfile de reis e bispos vestidos com roupas vermelhas. Aí um dia descobrem uma tinta muito mais barata e lançam no mercado um tecido vermelho igualzinho ao dos reis.

Você não iria querer? Todo mundo quis. Foi o que aconteceu na Europa no século XVI. Virou moda...

Le teinturier en rouge de Nuremberg
[O tingidor do vermelho de Nuremberg]
Manuscrito dos anos 1500
Stadtbibliothek | Nuremberg
Foto Lúcia Loeb
Biblioteca José e Guita Mindlin

"A cor vermelha extraída do pau-brasil é um princípio corante chamado brasilina, que é um composto associado às paredes celulares. A parede celular é como se fosse o esqueleto de um vegetal, o que confere resistência, que permite que a planta fique ereta.

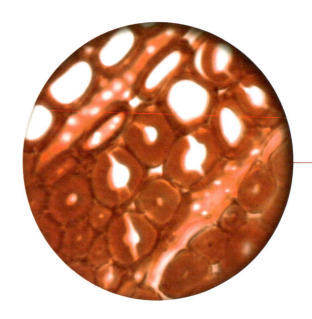

Antes do século XVI, o pau-brasil utilizado para corante não era o mesmo que temos no Brasil. Era de uma outra espécie de leguminosa originária da Ásia, mas que também produzia uma coloração semelhante. Se colocarmos um pedacinho de pau-brasil em 5 ml de soda cáustica, depois de alguns minutos a coloração obtida será de um vermelho bem vivo; é a brasilina. Mas devemos alertar que a soda cáustica, como o nome já diz, é altamente corrosiva e pode causar queimaduras graves e até cegueira. Por isso, esse experimento deve ser realizado por pessoas habilitadas.

Voltando ao pau-brasil, observando a sua estrutura num microscópio, vemos elementos arredondados e maiores, que são os vasos responsáveis por transportar a água; os menores e mais escuros são as fibras, que são responsáveis pela sustentação da planta. Os contornos vermelhos de todas as células são as paredes celulares, coradas em vermelho para ajudar na observação ao microscópio. Um pouquinho de brasilina fica em cada uma dessas paredes. O conjunto de brasilina integrado em todas as células que há na madeira de uma árvore faz a coloração, o tom natural, que extraímos com a soda cáustica."

Claudia Barros
Pesquisadora, Diretora de Pesquisas,
Instituto de Pesquisas Jardim Botânico do Rio de Janeiro

"Antenados", os índios já usavam o vermelho-brasil muito antes de ele virar moda na Europa. Na época em que era cor exclusiva de reis e papas, qualquer cunhã mais bem informada de Pindorama já tinha o seu cocar vermelho.

Quando os portugueses chegaram, o pau-brasil se tornou um bom negócio também para os índios. Em troca das árvores que derrubavam, eles recebiam machados de ferro. Eles passaram da Idade da Pedra para a Idade do Metal instantaneamente. O resto da humanidade tinha levado milhões de anos para isso.

Com um machado de pedra eles derrubavam uma árvore em três horas. Com o machado de metal levavam só quinze minutos. Assim podiam derrubar mais árvores e ganhar mais machados para derrubar mais árvores.

Até o final do século XVI, foram derrubados mais de dois milhões de árvores – 20 mil por ano, 50 por dia... Há quem diga que foram extraídos no total mais de 70 milhões de árvores. Não sobrou quase nada...

Sem título, 1817 | Maximilian, *Príncipe de Wied-Neuwied*
Foto Lúcia Loeb | Biblioteca José e Guita Mindlin

A exploração do pau-brasil foi tão precipitada e desastrada,

que em pouco tempo o rei de Portugal

percebeu que ia acabar ficando

sem nenhuma árvore na sua colônia.

Chegou a decretar uma lei para regularizar o corte.

"Sendo informado das muitas desordens que há no sertão do pau-brasil e na conservação dele, mandei fazer este Regimento. Toda a pessoa que tomar mais quantidade de pau-brasil do que lhe for dada licença, além de o perder para minha Fazenda, se o mais que cortar passar de 10 quintais, incorrerá em pena de 100 cruzados, e, se passar de 50 quintais, sendo peão, será açoitado e degredado por 10 anos para Angola. E, passando de 100 quintais, morrerá por ele."

Trecho extraído do Regimento do Pau-Brasil, de 12 de dezembro de 1605, baixado pelo rei Filipe II de Portugal e III da Espanha.

Derrubada, 1835 | MAURICE RUGENDAS, *Voyage Pittoresque dans le Brésil* [Viagem pitoresca pelo Brasil] | Paris: Engelmann & Cie | Foto Lúcia Loeb
Biblioteca José e Guita Mindlin

O pau-brasil não serve só para fazer tinta. É com a madeira dele que são feitos os arcos dos violinos mais famosos, usados nas orquestras mais sofisticadas do mundo. A madeira dele, que é muito dura e pesada, também serve para fazer móveis, esculturas, portas...

Em Portugal temos um exemplo. Ali fica o quartel-general da Ordem de Cristo, antiga Ordem dos Templários, uma das mais poderosas na Idade Média. E a enorme porta que guarda esse lugar é feita de pau-brasil. Foram os descendentes dos templários que financiaram as navegações portuguesas, quando os cavaleiros de Cristo trocaram os cavalos pelos barcos. É por isso que a Cruz de Malta aparece em todas as caravelas: essa cruz era o emblema dos templários.

Enquanto o pessoal na Europa desfilava de vermelho, aqui na Terra de Vera Cruz já estava começando a se formar uma nação de verdade. E o primeiro sinal disso foi a criação de um apelido.

Os portugueses diziam:

"Vai lá pegar os troncos de brasil", "Vai lá pro sertão do pau-brasil...", "Vai lá pro Brasil..."

Se existem os italianos e os americanos, os canadenses e os israelenses, por que é que nós não somos brasilianos ou brasilienses? É porque nesse tal Brasil tinha essa gente que derrubava a mata e carregava as toras para os navios. Assim como os negreiros e os baleeiros da época, ou os sapateiros e os padeiros de hoje em dia, os exploradores de pau-brasil eram conhecidos como os "brasileiros", e assim foi... Um apelido que vira nome de país, uma profissão que vira nacionalidade...

A moda do vermelho permaneceu por muito tempo...
Na verdade até hoje... Acontece que no século XIX
inventaram a anilina. Um novo produto, totalmente
químico, do qual se podia tirar o mesmo vermelho
do pau-brasil. Com a nova tecnologia, usar roupa tingida
com pau-brasil ficou fora de moda. A anilina decretou
o fim da exploração do pau-brasil.

Mas aí já era tarde demais... Quase não existia mais a árvore nas nossas matas... E, a essa altura, o apelido já tinha pegado, todo mundo chamava a Terra de Vera Cruz de Brasil!

Em 1961, o presidente Jânio Quadros decretou oficialmente o pau-brasil como a árvore-símbolo do Brasil. Mesmo que ninguém nunca tivesse visto uma.

Altura	de 20 a 30 metros
Tronco	reto, cilíndrico, sem ramificação, com diâmetro de 30 a 50 cm
Folhas	reúnem-se no ápice do tronco em número de 20 a 30 por coroa, com comprimento de 3 a 5 metros
Flores	masculinas e femininas em longos cachos, podendo a haste central chegar a 3 metros de comprimento
Frutos	ovalados, de 4 a 7 cm de comprimento por 3 a 6 cm de diâmetro, recobertos por escamas vinho-avermelhadas. Cada fruto tem de 1 a 2 sementes
Sementes	grandes, ovais, muito duras e envoltas por uma cobertura esponjosa

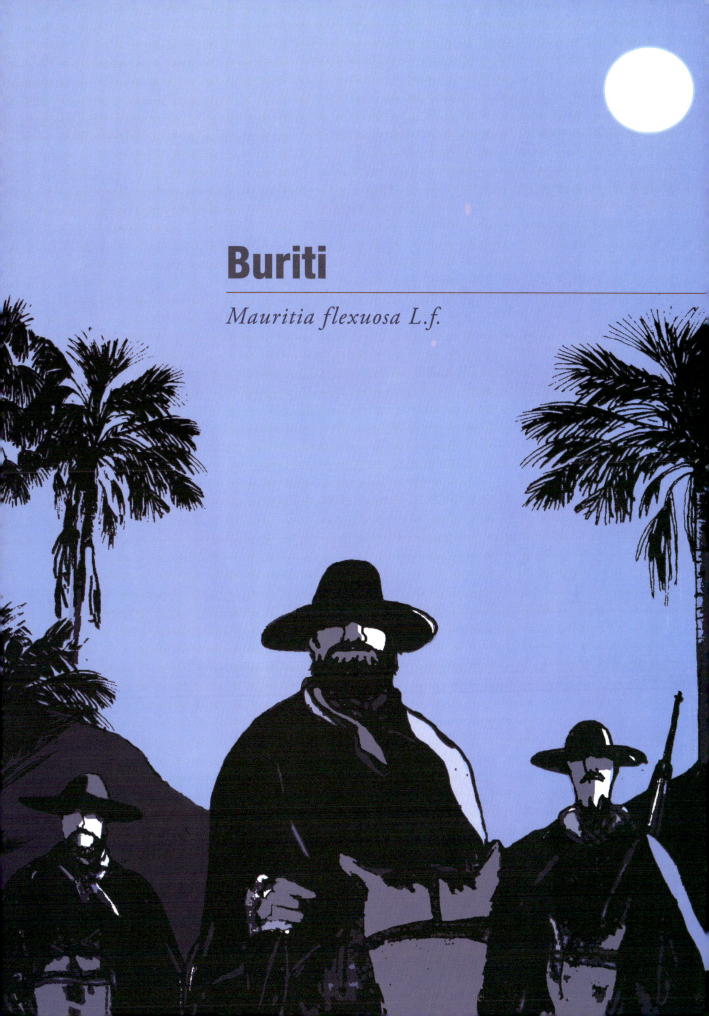

O nome buriti vem do tupi-guarani *mbyryti*, que significa "árvore que solta líquidos" ou "árvore da vida". Essa palmeira é conhecida também como coqueiro-buriti, miriti, muriti, carandá-guaçu, carandaí-guaçu, palmeira-dos-brejos e outros nomes locais.

O buriti floresce principalmente de dezembro a abril e frutifica entre dezembro e junho. Seus frutos, ao caírem dos cachos, são transportados pela água, espalhando suas sementes por amplas regiões e formando os buritizais. Também contribuem para sua reprodução as cutias, antas, araras e capivaras, que se alimentam de seus frutos e disseminam suas sementes.

Talvez por sua beleza e por ser muito aproveitado por homens e animais, o buriti foi a palmeira que mais encantou os naturalistas alemães Johann Spix (1781-1826) e Carl Martius (1794-1868) quando andaram pelo Brasil a serviço da Coroa alemã entre 1817 e 1820. São deles algumas das obras mais importantes sobre o Brasil Colonial: *Flora brasiliensis*, *Genera et species palmarum* e *Reise in Brasilien*. Nesta última obra (em português, *Viagem pelo Brasil*), Martius (1838, p. 109) fez a seguinte descrição do Cerrado: "As regiões situadas mais altas, mais secas, eram revestidas de matagal cerrado, em parte sem folhas, e as vargens ostentavam um tapete de finas gramíneas, todas em flor, por entre as quais surgiam grupos espalhados de palmeiras e moitas viçosas.
Os sertanejos chamam *varedas* a esses campos cobertos. Encontramos aqui uma palmeira flabeliforme, espinhosa, a carimá, o maior encanto do solo; e, além daquela aqui mais rara, o nobre buriti."

"Mauritia Flexuosa", *Flora brasiliensis*, 1906
Carl Friedrich Philipp von Martius, August Wilhelm Eichler
e Ignatz Urban | Vol. I, Parte I, Prancha 41 | ©florabrasiliensis.cria.org.br

Alguns livros são tão poderosos que despertam em nós o desejo de sair mundo afora em busca das pessoas e dos lugares descritos na história.

Grande sertão: veredas, de João Guimarães Rosa (1908-1967), é assim. Ele nos transporta para o meio do sertão mineiro, região do Cerrado, onde percorremos veredas e buritizais.

Em 1952, pensando em colher material para sua obra, Guimarães Rosa trabalhou como ajudante de vaqueiro. Durante dez dias viajou com seu grupo conduzindo uma boiada de 300 cabeças.

Eles partiram da beira do rio São Francisco rumo a Cordisburgo, cidade onde o autor nasceu e viveu sua infância...

Passaram pela Fazenda Três Marias – que também fica na beira do São Francisco –, onde começa a história desse grande livro.

"Pergunto coisas ao buriti; e o que ele responde é: a coragem minha. Buriti quer todo azul, e não se aparta de sua água – carece de espelho. Mestre não é quem sempre ensina, mas quem de repente aprende. (...) O senhor estude: o buriti é das margens, ele cai seus cocos na vereda – as águas levam – em beiras, o coquinho as águas mesmas replantam; daí o buritizal, de um lado e do outro se alinhando, acompanhando, que nem que por um cálculo."

João Guimarães Rosa. *Grande sertão: veredas*. Rio de Janeiro: Nova Aguilar, 1994, pp. 436 e 535.

Dos 200 quilômetros percorridos por Guimarães Rosa, 68 foram pelas veredas São José, Da Tolda e da Ponte Firme, declaradas patrimônio natural, cultural e histórico do município de Três Marias. As veredas de Minas Gerais são campos abertos, localizados em vales, nos quais se concentra a água que escorre pelas encostas e aflora das nascentes. Nesses terrenos úmidos, cobertos de vegetação rasteira, aglomeram-se grandes grupos de buritis, onipresentes na obra do grande autor.

Os sertanejos, herdeiros do conhecimento indígena, aproveitam para seu sustento muitos recursos do buriti. Com habilidade, eles sobem até o topo da palmeira para cortar os cachos de frutos e as folhas sem machucar a árvore. Dizem até que, depois do corte, sertanejos experientes usam as folhas largas como paraquedas para saltar da palmeira e pousar tranquilamente na água.

A madeira do buriti é pesada, resistente e bem durável quando mantida ao abrigo do tempo.

Ela é usada para construir casas, currais e trapiches, frequentemente cobertos com as próprias folhas da palmeira. Seu tronco ereto é apropriado para a confecção de colunas e pilares de sustentação.

Com as folhas e as fibras, fazem-se jangadas, redes, esteiras, cestos, cordas, chapéus e vários outros acessórios ou objetos de decoração. As folhas jovens produzem uma fibra bem fina, conhecida como seda do buriti, utilizada pelos artesãos para trançar e costurar objetos e acessórios feitos de capim dourado. Já o talo das folhas é usado para fabricação de móveis leves, muito duráveis.

Uma das maiores riquezas do buriti é o grande aproveitamento na alimentação. Do seu caule pode-se retirar uma seiva adocicada, ótima para matar a sede. Da fermentação dessa seiva resulta o vinho de buriti.

Da medula do caule obtém-se uma fécula chamada ipuruna, de gosto muito parecido com o do sagu ou da farinha de mandioca, e do seu broto terminal é retirado um palmito muito saboroso.

O fruto do buriti é uma fonte preciosa de nutrientes. Além de fornecer cálcio, ferro e proteínas, tem alto teor de betacaroteno, que no organismo humano se transforma em vitamina A.

Por essa propriedade, o buriti é considerado um dos principais recursos naturais para prevenir a perda da visão.

O fruto pode ser consumido ao natural, mas com a polpa também se fazem doces, sucos, sorvetes, geleias, licor e outras iguarias doces ou salgadas.

O óleo extraído da polpa do buriti tem propriedades medicinais importantes, de grande valia para as populações nativas do Cerrado. É usado como vermífugo, energético e cicatrizante, sendo muito eficaz para acalmar queimaduras.

Pesquisas científicas mostram que, se injetarmos gotículas de óleo de buriti em produtos descartáveis, como copos, pratos e talheres de plástico, sua degradação será mais rápida na natureza.

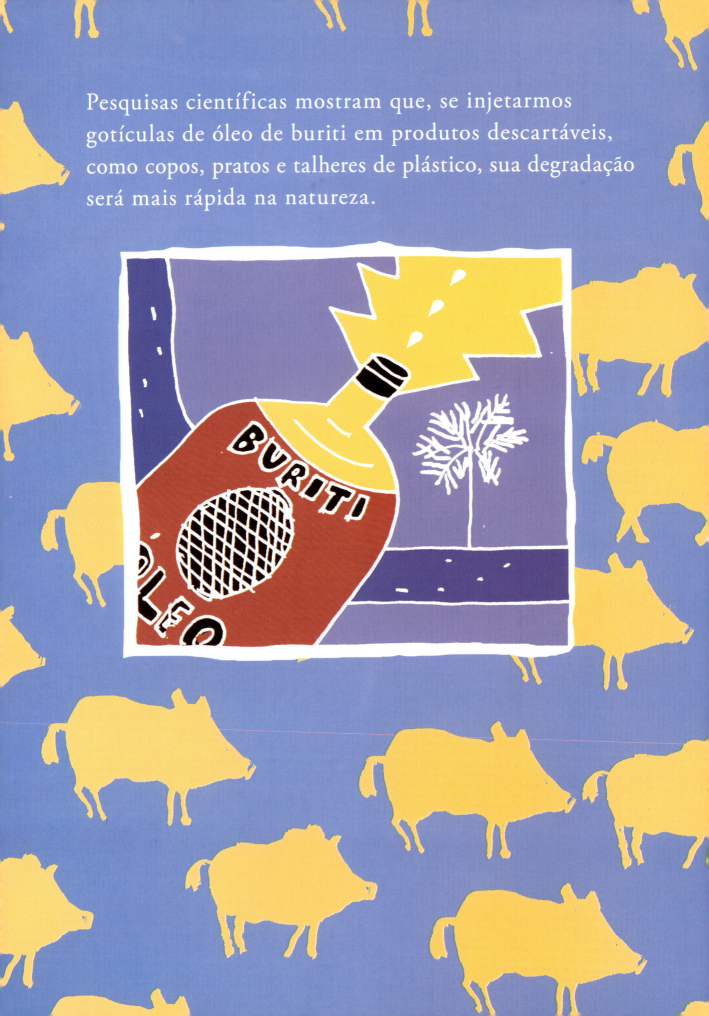

Os animais também sabem apreciar os frutos do buriti e se fartar deles. Conta-se que o porco-montado de Roraima, uma espécie de porco doméstico que vive no mato, chega a ficar com as gorduras tingidas de amarelo, a cor do buriti. Há alguns que comem tanto e com tanta voracidade que se tornam pesados e fáceis de ser capturados.

Com seu porte elegante e estirpe ereta, o buriti é uma árvore muito decorativa, bastante usada em paisagismo e na arborização de ruas e parques.

Durante a construção de Brasília, o buriti foi escolhido como a árvore-símbolo da cidade. A sede do governo, projetada por Nauro Jorge Esteves, integrante da equipe de Oscar Niemeyer, e inaugurada em 1969, recebeu o nome de Palácio do Buriti. A praça localizada em frente a esse edifício, que também leva o nome da palmeira, tem dois espelhos-d'água e um jardim com cerca de 14 mil metros quadrados arborizados com vegetação nacional, projeto do paisagista Roberto Burle Marx. Na época da construção, foi transplantado um imponente buriti, trazido de uma vereda entre Anápolis e Brasília. Em 1985, a árvore foi tombada pelo então governador José Aparecido de Oliveira.

Praça do Buriti, Brasília, DF
Foto Dorival Moreira/Sambaphoto

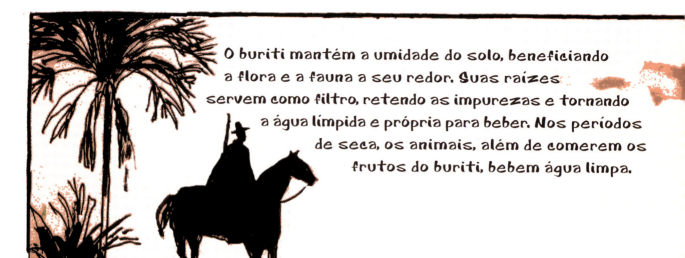

O buriti mantém a umidade do solo, beneficiando a flora e a fauna a seu redor. Suas raízes servem como filtro, retendo as impurezas e tornando a água límpida e própria para beber. Nos períodos de seca, os animais, além de comerem os frutos do buriti, bebem água limpa.

Palmeira de mil e uma utilidades, um buriti é sinal certeiro da existência de água no sertão. João Guimarães Rosa logo percebeu que sem ela os caminhos dos tropeiros e suas boiadas seriam outros.

Alto e esguio, o buriti é descrito pelo autor como uma das mais belas palmeiras do Brasil. Não é à toa que ele é, ao lado de Riobaldo e Diadorim, um dos grandes personagens dessa obra-prima da literatura brasileira: *Grande sertão: veredas.*

Altura	de 10 a 30 metros
Tronco	anelado e ereto, sem ramificações, com até 25 m de altura e 20 a 30 cm de diâmetro
Folhas	dispostas em tufos, que têm de 20 a 25 folhas grandes e pinadas, cada uma com até 6 m de comprimento
Flores	brancas ou amareladas
Frutos	drupas formadas por epicarpo ou epiderme lisa; mesocarpo, que é a parte fibrosa; endocarpo, que é a camada bem dura e mais escura; albúmen ou endosperma, que pode ser líquido, a "água de coco", ou sólido, a camada branca e carnosa, a parte comestível dos cocos; e cada fruto tem até 25 cm de comprimento e pesa 2 kg, aproximadamente

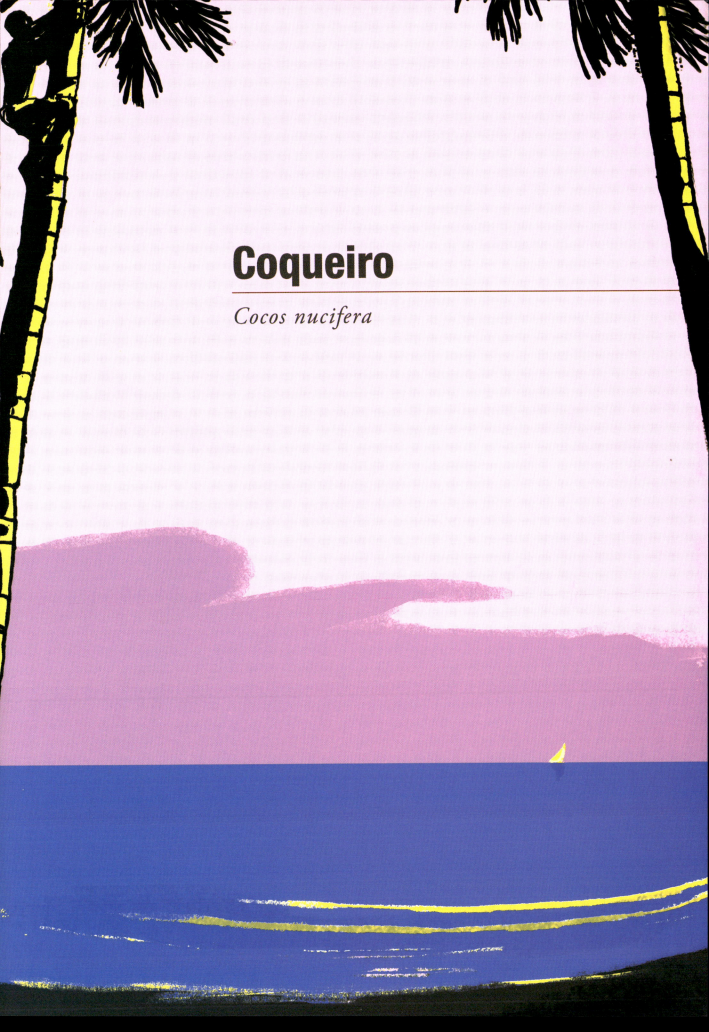

Foto Fernando Stankuns/Sambaphoto

O coqueiro é conhecido por suas mil e uma utilidades. São mais de quarenta produtos derivados da palmeira, utilizados em diferentes setores. Por isso, podemos dizer que essa é uma das árvores mais indispensáveis do mundo.

Devido a sua ampla distribuição e a sua ancestralidade – sua idade estimada é de cerca de 11 milhões de anos –, até pouco tempo atrás se dizia que sua procedência era incerta.

Ele poderia ser filipino, malaio, ter nascido na Índia, na Nova Zelândia, na América Central... E tenha certeza de que em cada um desses lugares você pode encontrar alguém que diga categoricamente: "o coqueiro é nosso!".

Na cultura indiana, por exemplo, o coqueiro é conhecido como "a árvore dos desejos satisfeitos" ou "a árvore que provê todas as necessidades da vida". Lá na Índia, o coqueiro, a mangueira e a bananeira são árvores sagradas.

O coqueiro é predominante entre as plantas de vegetação costeira nos trópicos.

O nome científico do coqueiro é *Cocos nucifera* e é provável que a sua origem seja a seguinte: o termo *cocos*, que denomina o gênero da palmeira, pode ter se originado da palavra "macaco", graças à aparência da casca do fruto, que, por causa dos três poros que tem em uma de suas extremidades, lembra a cara desse animal.
Já o termo *nucifera*, que, junto com o nome do gênero, indica a espécie, significa "o que produz noz", ou "o que tem noz ou amêndoa", e se refere à polpa do coco.

O alemão Carl von Martius (1794-1868), um dos naturalistas mais importantes do século XIX, relatou que, ao chegar à Ilha do Coco, no oceano Pacífico, no litoral oeste da Costa Rica, não encontrou nenhum sinal de vida humana, mas, sim, grandes coqueirais no lado mais ao norte da ilha. Ele retratou o *Cocos nucifera* em seu álbum de gravuras *Genera et species Palmarum*, obra em três volumes que inclui paisagens brasileiras e tem qualidade gráfica espetacular.

Genera et Species Palmarum, 1823-1831
Carl Friedrich Philipp von Martius | Tipografia: Typ. Lentnerianis.
Gravura: tab. 73 *Dephothemium maritimum, Cocos nucifera e Attalea compta*
Acervo Itaú Unibanco S.A. | Foto Horst Merkel

Além do Nordeste do Brasil, por onde a corrente marítima que vem da África se desloca, não é possível encontrar nenhum coqueiral natural de beira de praia, isto é, um coqueiral que tenha se formado espontaneamente. Por isso existe a teoria de que o coqueiro não foi trazido para o Brasil por ninguém. Veio a nado!

O coco, que é o fruto do coqueiro e, portanto, carrega sua semente, pode boiar por mais de quarenta dias sem que a semente perca a capacidade de germinar, tempo suficiente para que atravesse o oceano Atlântico e chegue às praias brasileiras.

Observando o mapa de correntes oceânicas, podemos reparar que é possível que o coqueiro tenha feito a primeira viagem ao redor do mundo.

A Ilha do Coco fica exatamente onde passa a corrente equatorial sul do oceano Pacífico. Essa corrente pode ter levado o coco até a Melanésia.

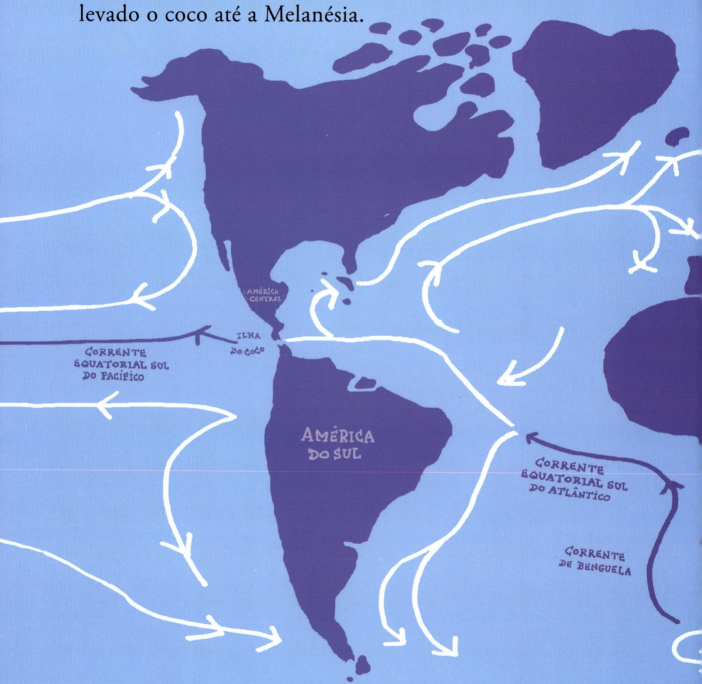

Dali, ele pode ter seguido viagem pelas correntes equatoriais sul e norte em direção à Índia e à África, pegando, por fim, a corrente de Benguela e a corrente equatorial sul do oceano Atlântico, retornando assim a sua casa, a América Central.

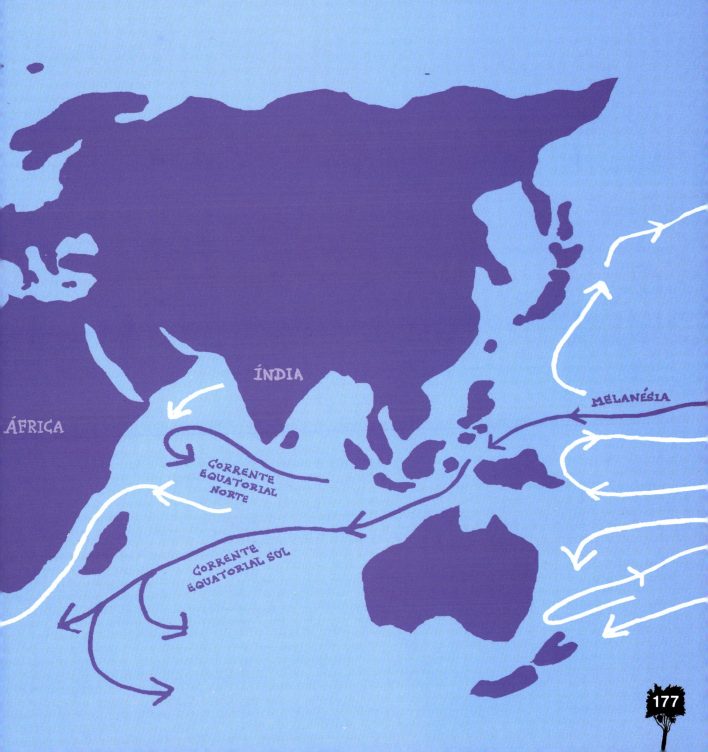

No Brasil, as primeiras referências a coqueiros aparecem no *Tratado descriptivo do Brasil em 1587*, de Gabriel Soares de Sousa: "As palmeiras que dão os cocos se dão bem na Bahia, melhor que na Índia, porque metendo um coco debaixo da terra, a palmeira que dele nasce dá coco em cinco e seis anos, e na Índia não dão, estas plantas, frutos em vinte anos" (Bondar, G. *A cultura do coqueiro no Brasil*. Rio de Janeiro: O Campo, 1939, vol. 10, n. 118, p. 17).

Segundo alguns historiadores, porém, o fato de todos os coqueirais nas paisagens do Brasil antigo – e os existentes até hoje – serem simétricos mostra que a palmeira também teria sido trazida para cá e plantada pelos colonizadores.

Isso quer dizer que, quando Cabral chegou aqui, em 1500, ele pode não ter avistado nenhum coqueiro no litoral, somente cajueiros.

Mocambos e coqueiros no cabo de Santo Agostinho, Pernambuco, c. 1875
MARC FERREZ | Coleção Gilberto Ferrez | Acervo Instituto Moreira Salles, Rio de Janeiro

Existem registros de que, durante a ocupação holandesa em Pernambuco, no século XVII, Maurício de Nassau transplantou setecentos coqueiros já grandes para decorar os jardins do palácio que ele estava construindo.

Além de decorar, matar a sede e alimentar, o coqueiro ainda pode dar origem a uma grande variedade de produtos, o que o torna reconhecido como importante recurso vegetal para a humanidade. Por isso, ele é chamado de "boi-vegetal" em alguns países e de "árvore da vida" em outros. Tudo o que se tira dele é aproveitado.

Os africanos usam o coco em diversas situações, que vão desde a construção de casas até o uso como mote para canções. Mas eles o utilizam principalmente em suas receitas. Era comum, no Brasil do passado, encontrar pratos elaborados pelos africanos escravizados que tinham o coco como ingrediente, por exemplo o arroz de coco e o feijão de coco. Por isso, acredita-se que eles tenham transportado cocos nos porões dos navios que os trouxeram da África.

A exploração comercial do coco é mais eficiente em países que tenham solos arenosos, bastante radiação solar, umidade e boa precipitação de chuva. Por causa da versatilidade e da fácil adaptabilidade da palmeira, seu cultivo é amplo, resultando no consumo dos mais variados produtos, tanto *in natura* como industrializados. Consta que 90% dos cultivos de coqueiros no mundo são mantidos por pequenos agricultores, em áreas de até 5 hectares.

Com o tronco do coqueiro pode-se fazer uma balsa ou uma casa. Com as folhas pode-se cobrir a casa feita com os troncos... ou fazer cestinhas, esteiras, chapéus, adereços...

Com as raízes e as flores do coqueiro pode-se fazer remédio. Da sua seiva dá para tirar vinho, vinagre e açúcar. Com o óleo do coco pode-se fazer cera, vela, sabão.

Uma planta de cultivo natural, pouco exigente em relação ao solo – tanto que germina facilmente nos solos pobres da costa –, o coqueiro é, do ponto de vista econômico, uma cultura extremamente importante. E, ao contrário de culturas temporárias, a comercialização do coco no Brasil pode ocorrer durante o ano inteiro, gerando um fluxo constante de receita ao produtor. O fruto dessa árvore tão útil não poderia deixar de ser fecundo. Dentro do coco, está o endosperma. Quando o coco é novo, ele é líquido, e pode ser bebido. Quando o coco amadurece, ele fica sólido, e pode ser comido, virar farinha ou ser usado para produzir leite de coco.

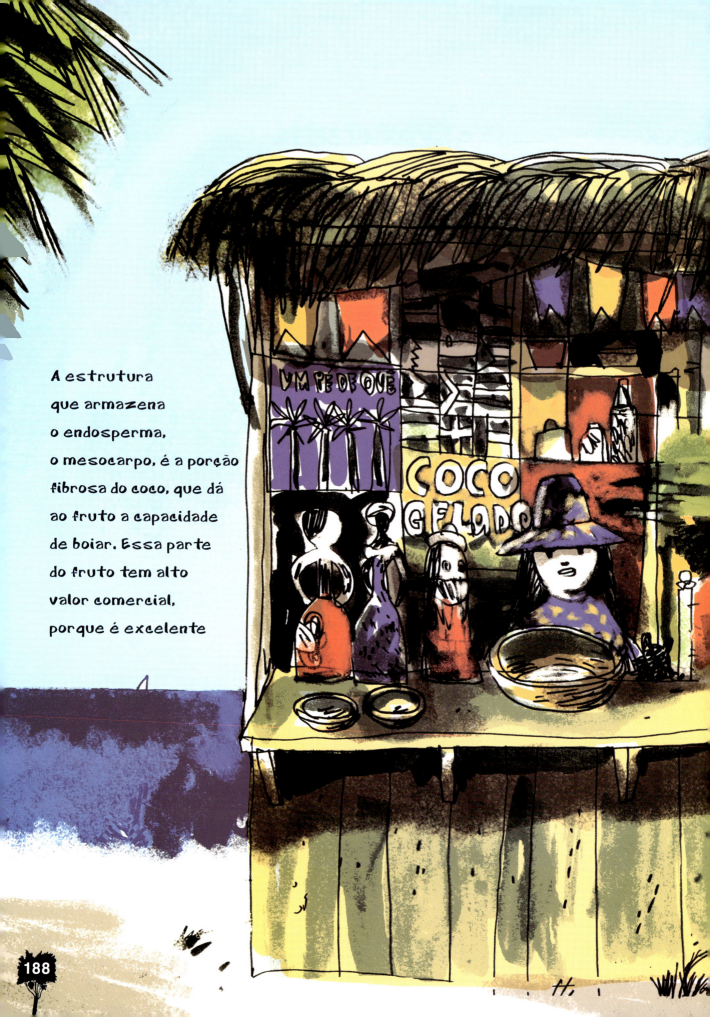

A estrutura que armazena o endosperma, o mesocarpo, é a porção fibrosa do coco, que dá ao fruto a capacidade de boiar. Essa parte do fruto tem alto valor comercial, porque é excelente

matéria-prima para fabricar cordas, tapetes, redes, vassouras, escovas... e até o enchimento do banco dos carros pode ser feito com isso.

Entre o mesocarpo e o endosperma, encontra-se o endocarpo, que fica bem rígido quando o fruto está maduro. Com essa parte bem durinha, pode-se fazer o famoso coquinho, instrumento musical adequado para o primeiro contato das crianças pequenas com a música.

Além de instrumentos musicais, o coqueiro também inspira a música popular brasileira, como em *Coqueiro de Itapoã*, *Palhas do coqueiro* ou *Água de coco* (Pedro de Sá Pereira, 1928):

Água de coco até parece bruxaria, | *No começo bebem pouco e depois em demasia.*

Água de coco, vejam bem tão leve assim, | *Tão clarinha e branquinha é milagre do Bonfim.*

Ioiô, toma a cuia e vem beber, | *E vem beber aqui,*

Ioiô, venha já provar coisa igual, | *Coisa assim nunca vi.*

Água de coco mata a sede até de Deus, | *Parece que vem dos céus.*

Segundo o botânico Harri Lorenzi, "recentes estudos moleculares usando 7 genes nucleares" comprovaram, "com suporte muito forte, a origem sul-americana do gênero há cerca de 35 milhões de anos".

O coqueiro é nosso!

Regina Casé é premiada atriz e apresentadora com uma vitoriosa carreira, iniciada em 1974 com *Asdrúbal Trouxe o Trombone*, grupo de teatro que revolucionou não só a encenação brasileira, mas também o texto e a relação dos atores com a maneira de representar. Ela, no entanto, há muito tempo extrapolou em importância o ofício de atriz, para transitar no cenário cultural brasileiro como uma instigante cronista de seu tempo. Ainda no teatro, Regina se destacou nos anos 1990 com a peça *Nardja Zulpério*, que ficou 5 anos em cartaz. Teve ampla atuação no cinema, recebendo diversos prêmios nacionais e internacionais com o filme de Andrucha Waddington, *Eu, Tu, Eles*. Na televisão, Regina marcou a história em telenovelas com sua personagem Tina Pepper em *Cambalacho*, de Silvio de Abreu. Criou e apresentou diversos programas, como *TV Pirata, Programa Legal, Na Geral, Brasil Legal, Um Pé de Quê?, Minha Periferia, Central da Periferia, Esquenta!*, entre outros. Versátil e comunicativa, é uma mestra do improviso, além de dominar naturalmente a arte de fazer rir.

Estevão Ciavatta é diretor, roteirista, editor, fotógrafo de cinema e TV. É sócio-fundador da produtora Pindorama, referência em assuntos socioambientais e primeira empresa carbono neutro do audiovisual brasileiro. Formado em 1993 no Curso de Cinema da Universidade Federal Fluminense/RJ, tem em seu currículo a direção de algumas centenas de programas para a televisão, como os premiados *Brasil Legal, Central da Periferia* e *Um Pé de Quê?*, além dos filmes *Nelson Sargento no Morro da Mangueira* – curta-metragem sobre o sambista Nelson Sargento – e *Programa Casé: o que a gente não inventa não existe* – documentário longa-metragem sobre a história do rádio e da televisão no Brasil. Em 2012, criou, produziu e dirigiu a série Preamar para a HBO.

Eloar Guazzelli Filho é ilustrador, quadrinista, diretor de arte para animação e *wap designer*. Além dos prêmios que ganhou como diretor de arte em diversos festivais de cinema, como os de Havana, Gramado e Brasília, foi premiado como ilustrador nos Salões de Humor de Porto Alegre, Piracicaba, Teresina, Santos e nas Bienais de Quadrinhos do Rio de Janeiro e de Belo Horizonte. Em 2006 ganhou o 3º Concurso Folha de Ilustração e Humor, do jornal *Folha de S.Paulo*. É mestre em Comunicação pela ECA (USP) e ilustrou diversos livros no Brasil e no exterior.

Fabiana Werneck Barcinski é mestre em História Social da Cultura pela PUC-RJ, autora de ensaios e biografias de artistas visuais como Palatnik, José Resende e Ivan Serpa. Editora de diversos livros de arte, entre eles *Relâmpagos*, de Ferreira Gullar, e *Fotografias de um filme – Lavoura arcaica*, de Walter Carvalho. Em 2006, fundou o selo infantojuvenil Girafinha, do qual foi a editora responsável até dezembro de 2009, com 82 títulos lançados, alguns premiados pela FNLIJ e muitos selecionados por instituições públicas e privadas. Escreve roteiros para documentários de arte e é corroteirista dos longas-metragens *Não por acaso* (2007) e *Entre vales* (2014).